SUTTON
VERLAG

Berndt Schulz

MODERHOLZ

EIN GARTEN-KRiMI AUS FRANKFURT AM MAIN

SUTTON KRiMI

Über den Autor

Berndt Schulz, geboren und aufgewachsen in Berlin, arbeitet seit den 1980er-Jahren als Publizist und Schriftsteller. Neben erfolgreichen Sachbüchern und Biografien veröffentlichte er mehrere historische Romane (unter dem Pseudonym Mattias Gerwald), und fünf Krimis um den Ermittler Martin Velsmann, »eine Figur, ausgestattet mit allen Ingredienzien eines literarischen Ermittlers«, wie der Hessische Rundfunk urteilte.

Mit »Moderholz« startet der Autor eine neue, in Frankfurt am Main angesiedelte Krimi-Reihe um den wunderbar kauzigen Gartenliebhaber und Ermittler Hauptkommissar a.D. Max Horner.

Berndt Schulz lebt in Frankfurt am Main und auf einem Alten Pfarrhof in Nordhessen.

Sutton Verlag GmbH
Hochheimer Straße 59
99094 Erfurt
www.sutton-belletristik.de

Gestaltung und Satz: Sutton Verlag

ISBN: 978-3-86680-954-3

Druck: Aalexx Buchproduktion GmbH, Großburgwedel

1

Die vier Männer in den Höhen ließen Fäden aus sich herausgleiten, die zu Boden schwebten. Mit ihren wattierten Hosen, den roten und blauen Jacken, Sturzhelmen und dem Ohrenschutz wirkten sie wie überlebensgroße Insekten. Aus dem Leib des Obersten schien jetzt ein dickeres, grüngelbes Seil zu wachsen, es mündete unten in einem halb geöffneten Sack zwischen herabgefallenen, verfärbten Blättern. Er kletterte weiter. Von seinem breiten Bauchgürtel hingen Schlingen und Lederschlaufen, klappernde Steigeisen, Drähte und stählerne Karabinerhaken. Er trug sein Werkzeug, eine Handsäge im Halfter, Schlaufen für Schneider und Stichel, Laschen aus glänzendem Leichtmetall.

Der Mann krallte sich mit seinen behandschuhten Händen an die immer dünner werdenden Äste. Alles schwankte. In das fast mädchenhaft wirkende Gesicht des Mannes, dessen Lippen verdächtig rot und feucht schimmerten, zog ein anderer Ausdruck ein. War es Angst? Die Umstehenden auf der Straße, jenseits der Umfassungsmauer an der Friedberger Landstraße, konnten es nicht erkennen, aber sie mussten es befürchten. Für einen Moment schien es so, als verlöre der Mann seinen Halt, eine Geste der Müdigkeit. Dann fing er sich wieder. Er zog mit ausgreifenden Armbewegungen ein weiteres Seil zu sich empor, setzte sich in eine Schlinge, umfing den Starkast als wolle er ihn halten, vielleicht liebkosen, er legte seinen Kopf an das Holz. In sein weiches Gesicht, dessen breiter Mund sich soeben noch belustigt verzogen hatte, zog Blässe ein. Blonde lange Strähnen lagen wie ein Strahlenkranz um seine verschwitzte Stirn. Sein Blick hob sich wie verträumt. Über ihm war nicht mehr viel.

In zwanzig Metern Höhe suchte er mit Händen und Beinen Halt im Schwanken der Äste. Er saß jetzt sicher, gefangen in den Schlaufen seines Seiles wie in seinem eigenen Spinnennetz. Unten band ein Gehilfe eine Stielsäge an das Seil, er zog es empor. Wie ein Angler, der unter einem diesigen Himmel imaginäre Fische fangen will, fuhr er die Säge aus, streckte sie träge von seinem Körper weg, tastete nach einem Ziel, dann begann er damit, den entferntesten Ast zu bearbeiten. Das Sägen strengte ihn an, er öffnete seinen Mund, ließ in gespielter Erschöpfung seine Zunge heraushängen, atmete seufzend ein. Sechs Meter befallenes Holz, das Moderholz werden würde, fielen zu Boden.

Der Mann in der Höhe setzte nach einer kurzen Pause die Arbeit fort, die Sehnen an Hals und Armen spannten sich. Die Bewegungen gegenläufig, sie schüttelten ihn durch, er beobachtete, wie der Baum sich verhielt. Auch der Baum schüttelte sich, wie unter Schmerzen. Mit Getöse fielen weitere Äste und Zweige. Die anderen dirigierten unter ihm den Fall, hatten alles unter Kontrolle, auch die drei anderen Männer auf den umstehenden Bäumen. Sie führten ihre Sägen im Gleichtakt wie Wünschelruten. So wie er, der sein Werkzeug jetzt, wie um etwas zu zeigen, hinter seinem Rücken entlangführte, für einen Moment hing die Säge an ihrem Stiel kraftlos nach unten, er hatte nachgegeben. Dann hob er sie erneut, zurrte sie am Gelenk fest.

Unten begann ein anderer in roter Hose, aus einer schmutzigen Sacktasche mit Trageriemen Schnüre und Steigeisen zu ziehen. Er liebte es wagemutiger, obwohl er ermahnt worden war. Sein Helm saß schief auf kurzen, dunklen Haaren, er schlug darauf, seine randlose Brille verrutschte für einen Moment. Er bestieg eine ausfahrbare Leiter, die sich nun leise schnurrend emporschob, auch seine Bewegungen waren sicher, muskulös und langsam, dennoch wirkte sein Tun schlafwandlerisch, obwohl seine Gesten zielgerichtet waren. Für einen Moment, als wolle er der Schwerkraft spotten, stand er aufrecht auf dem Stamm des Baumes, der sich an der Gabelung verwachsen zur Seite neigte, er klammerte sich an den Zweigen fest, drückte sich langsam hinauf. Er knotete die Schnur um einen Astvorsprung, lockerte das Seil, zog es hinter sich her, suchte nach Halt, den er nur mühsam fand.

Wenn er abrutschte und stürzte, würde er tief fallen. Aber vielleicht nicht bis zum Boden. Er würde dicht über den Köpfen der Herumstehenden hängenbleiben, kopfunter, das Seil an den Füßen, wie ein Zirkusartist, das Bild eines Opfers.

Der Mann mit der roten Hose musste abbrechen, er rückte seine Brille zurecht, verließ seine Leiter, ließ sich jetzt von seinem Baum herabgleiten, der Flaschenzug seines Seiles trug ihn sicher hinunter, es ging langsam abwärts. Unten angekommen, legte er den Kopf in den Nacken, maß die Entfernung. Der Himmel öffnete sich in diesem Augenblick, Wolken und Nebel schwammen zur Seite, die Sonne trat hervor, es war, als würde ein Theatervorhang zur Seite gezogen.

Der in der allerhöchsten Baumkrone, dessen Säge ausgefahren war und immer noch länger wurde, hantierte jetzt mit seinen Seilen wie ein Reiter, der die Zügel bearbeitet, das Geäst schien sich nicht bewegen zu wollen. Er legte den Kopf in den Nacken, sein Blick ging nach oben ins Licht, als suchte er Hilfe, oder war er nur geblendet? Er war auf sich selbst angewiesen. Er taxierte den Baum, die Höhe, die Differenz zwischen Höhe und Gefahr. Als er seine Säge wie ein Gebiss in einen Ast schlug, verkeilte sie sich. Er zog und ruckte, rüttelte an den Griffen.

Unten, jenseits der Gartenmauer, hatte sich inzwischen, trotz der frühen Morgenstunde, eine stetig anwachsende Menschenmenge versammelt. Der Straßenverkehr in Richtung des nördlichen Frankfurter Umlandes war stärker geworden, etliche Autos hielten am Straßenrand. Jetzt sahen die Zuschauer, dass der Mann in der höchsten Baumkrone an der ausgefahrenen Griffstange eine Stahlschere befestigt hatte, der blonde Mann, dessen Haar ihm jetzt ins Gesicht fiel, wollte schneiden. Das Werkzeug hatte sich verfangen, er konnte die Scheren nicht bewegen, nicht durch den Zug der Schnur, die über flexible Rollen lief, nicht durch das Repetieren des Gelenks, an dem sich die scharfen Scherenhälften gegeneinander bewegten.

Er hielt inne, schaute zu seinen Kollegen in den anderen Bäumen. Er blieb länger als üblich in dieser ungewöhnlichen Haltung stehen. Er deutete nach oben, vollführte eine kreisende Bewegung, deutete eine seitwärts fallende Bewegung an. Besorgt blickten die anderen Männer zu ihm hinüber. Man verstand ihn nicht, fragte sich, was ihn bewegte. Jemand rief ihm etwas zu, dann wiederholte er es, bekam keine Antwort. Was geschah dort?

Im gleichen Moment begann der blonde Baumschneider zu schwanken. Als er mit den Armen um sich schlug und taumelte, löste sich ein Schrei aus vielen Kehlen, als wollte man damit ein Sprungtuch weben, das ihn auffing. Aber seine Hände lösten sich unaufhaltsam vom Starkgeäst, danach die in braunem, weichem Wildleder steckenden Füße. Er schien für einen langen Augenblick ohne jeden Halt weitermachen zu wollen.

Dann stürzte er hinunter.

2

Hauptkommissar a. D. Max Horner sah das Bild wieder und wieder vor sich. Vielleicht hätte er sich davon befreien können, denn er war trotz der unruhigen Nacht und seiner Träume klar im Kopf, aber die Vorstellung gefiel ihm eigentlich. Der Tod hat etwas Verlockendes, dachte er, er kommt auf uns zu, und wir bleiben stehen. Wir erwarten ihn.

Der Mann, der ihm in den Sinn gekommen war, hatte nach seiner langen Reise die Fallgrube übersehen. Er hatte Schluchten und Seen durchquert, war über ausgeblichenes Totholz und Felsen gestolpert. Auf einem Auge blind durch den fliegenden Sand des wüsten Landes und von den Funken auf den Vulkanen, zermürbt wegen der jahrelangen Strapazen, angsterfüllt und halb erfroren, überquerte er den Mauna Kea in Begleitung seines treuen Scotchterriers Billy. Er roch an den Blättern des Kalifornischen Lorbeers und bekam lang anhaltende, wütende Kopfschmerzen von den ätherischen Ölen. Er taumelte unter zickzackförmigen Blitzen am Himmel durch seine Nächte, erfüllt und zu Tode erschöpft. Am Morgen sah er die Gefahr nicht mehr und stürzte hinunter.

Max Horner stieg noch während der Fahrt ab, versuchte sein Fahrrad zu bändigen und parkte es neben den flachen, weißen Baracken rund um den gepflasterten Innenhof des Betriebshofes. Die vier Radständer des Bethmannparks waren noch verwaist. Sein Labrador hielt sich mit dem Ankommen nicht auf und rannte bereits durch den Parkeingang. Horner rief ihm hinterher:

»Mach dich klein, Wallander, du bist hier verboten.«

Der Pflanzenjäger … Unten, auf dem Grund der Fallgrube, hatte ein verletzter und vor Hunger rasender Stier auf den besessenen Forscher gewartet. Seinen aufgespießten und zertrampelten Körper und den seines Hundes fanden im Verlauf des nächsten Tages zwei Einheimische, die den Stier töteten.

Max Horner entknautschte seine Baskenmütze, er trug sie in der Jackentasche, jetzt suchte er ihr einen Platz auf seinem unordentlichen, weißen Haupthaar. Er hatte die Kopfbedeckung während der Fahrt verloren, eine plötzliche Windböe hatte sie ihm mitten auf der Kreuzung der Miquel-Adickes-Allee vom Kopf gerissen, schlingernd und fluchend war er zum Stehen gekommen, hatte das Fahrrad unbeholfen rückwärts bewegt, die Mütze aufgesammelt und sich schleunigst vor den heranrasenden und hupenden Pendlern aus dem Main-Taunus-Kreis in Sicherheit bringen müssen.

Horner blickte seinem Hund nach. Wallander drehte sich ungeduldig um, in seinen braunen, feuchten Augen leuchtete die Anziehungskraft, die der Park auf ihn ausübte. Machte er nicht sogar eine Kopfbewegung, die seinen Herrn zur Eile aufforderte? Horner antwortete mit einer Geste, die Wallander beschwichtigen sollte. Horner wusste nicht immer, ob Hund und Pensionär zusammenpassten.

Es geht schon, dachte Horner, er zog die Fahrradklammer von der Hose, schüttelte sein rechtes Bein aus, in dessen Kniegelenk plötzlich etwas hineinstach, und ging langsam den Hauptweg des Parks hinunter, in Richtung der duftenden Blumenteppiche und der Mauer des Chinesischen Gartens.

Heute schien der australische Flaschenputzer in seinen braunen Tontöpfen aufgebrochen zu sein, ein Nachzügler mit unvergleichlichem Geruch.

Horner entrichtete seinen Morgengruß an seinem Lieblingsbaum, strich mit der Hand über die dicke, korkige Borke des hell gemusterten Stammreliefs, legte den Kopf in den Nacken. *Pseudotsuga menziesii.* Horner fühlte seit dem Frühjahr eine Art Patenschaft zu diesem Baum. Die Magie der Douglasie wirkte auch dann auf ihn, wenn er schlecht gelaunt war. Als er eine der zentimeterlangen, dunkelgrünen Nadeln zwischen seinen Fingern zerrieb, roch sie nach Zitrusfrüchten.

Max Horner schnüffelte lange. Er genoss den fremden, kostbaren Duft, den auf den Ausfallstraßen vermutlich niemand kannte, vielleicht in der ganzen Stadt keiner.

Horner wusste, welche Geschichten sich dahinter verbargen, bis solche Exoten in den heimischen Parks kultiviert werden konnten, damit Leute wie er sie bewundern durften. Er beschäftigte sich seit fünf Jahren damit, es war ein Wunder. Mut und Opferbereitschaft, Strapazen und Lebensgefahren. Was war alles geschehen zwischen dem Sammeln von Samen in exotischen Ländern und dem Anblick dieser Riesen, der ihm hier beinahe täglich vergönnt war. Allein der verlotterte und rastlose Gordon Douglas, dem die barfüßigen Beine mehr als einmal ihren Dienst versagt hatten, hatte über zweihundert Arten eingeführt, *Neophyten*, die seitdem die Gärten Europas veränderten.

Horner behielt die duftende Nadel zwischen den Fingern. Es sind vor allem die großen Bäume im Park, an denen viele Besucher achtlos vorbeigehen, dachte er, und doch verblassen dahinter unsere eigenen Lebensgeschichten.

Der Hain mit den knorrigen Eichen am hinteren Ende des Bethmannparks vor der Gartenmauer zur Friedberger Landstraße war mit rotweißen Bändern abgesperrt. Ein Schild warnte davor, den »Tatort« zu betreten. Horner bemerkte das erst jetzt. Er wollte es sich unverzüglich ansehen, kramte dann aber nur seine Brille aus dem Etui, setzte sie auf und blickte hinüber. Was war in seinem Park los? Vor den Eichen lagen Berge von abgeschnittenem Totholz. Gordon Douglas hatte zu seiner Zeit mit dem Gewehr Zweige von den höchsten Eichen heruntergeschossen, wenn er die obersten Blätter studieren wollte.

Horner versuchte, den Pflanzenjäger endlich aus seinem Kopf zu verbannen, er sah keinen der Gartenarbeiter, und auch den rührigen Pflanzendoktor nicht, der sonst allgegenwärtig war. Irgendetwas war heute anders. Er blieb unschlüssig, ob er sich damit beschäftigen sollte, bewegte sich aber weiter in Richtung des Eichenhains. Erst jetzt fiel ihm auf, dass heute Morgen sogar die Schachspielfläche verwaist war. Und unter der Pergola saßen nicht die Spieler mit dem Turniertick, auch keine Gewohnheitstrinker und nicht die Zeitungsleser aus den umliegenden Wohnblocks der dicht besiedelten Stadtviertel Nordend und Bornheim. Der Geruch des Parks kam ihm wie eine Woge dazwischen, er atmete ihn tief ein, genoss das alles, er fühlte sich wohl.

Was ging ihn dieser angebliche Tatort an!

Auch durch die Landschaftsfenster in der Mauer des Chinesischen Gartens war niemand zu sehen, mit dem er ein paar Worte wechseln konnte. Der Schmerz in seinem Knie war verschwunden, Horner kehrte um und ging an der Mauer entlang in Richtung des Chinesischen Gartens. Die Morgensonne blendete ihn. Es wurde schnell warm.

Max Horner spuckte seinen kalten Zigarettenstummel auf den Parkweg. Dann besann er sich und hob ihn wieder auf. Er blickte sich nach einem Abfallkorb um und entsorgte das stinkende Indiz seiner Sucht. Jetzt war ein Parkarbeiter im Hintergrund aufgetaucht, es war ein Junge namens Wulf, er blickte streng zu ihm herüber und stand schon mit Stielschaufel und Besen auf dem Sprung. Rauchfreier Park. Horner winkte ab und beruhigte ihn mit einem übertriebenen Lächeln. Dann suchte er sich eine freie Bank am Rand des Chinesischen Gartens. Der verbotene Wallander blieb in der Nähe.

Sein Kopfschmerz zwischen den Augen erinnerte Horner daran, wie er in der Nacht mehrmals aus Träumen aufgeschreckt war, die ihn in einen betörenden Rhododendronwald geschickt hatten, dann hatte er gegen klebrige Nadeln und Riesenzapfen der höchsten Tannenbäume gekämpft. Sein Hund, der in dieses Abenteuer nicht hineingezogen werden wollte, hatte ihn mit seiner rauen Zunge geweckt. Erst gegen Morgen war er noch einmal eingenickt.

Horners Gedanken kehrten zu dem Anblick zurück, den er am Parkeingang wahrgenommen hatte. Die Eichen. Das abgeschnittene Holz davor. Was für ein Tatort sollte das sein?

Horner erblickte jetzt drei Männer, die sich den Absperrungen näherten. Es waren die Hilfsgärtner, er kannte sie inzwischen alle mit Namen. Ein Polizist in Uniform folgte ihnen. Vor den Eichen blieben sie stehen und gestikulierten. Sie deuteten und blickten in die Baumkronen. Der Leiter des Pilotprojektes machte eine Handbewegung, als wollte er jemandem den Hals durchschneiden. Der Polizist legte ihm eine Hand auf die Schulter.

Max Horner blieb auf seiner Bank sitzen, obwohl ihn die Neugier gepackt hatte. Erst vor zwei Tagen hatte er mit Halland über den Zustand des Parks gesprochen.

Max Horner zog ein kleines, in eine Hülle aus Geschenkpapier eingeschlagenes Buch aus der Innentasche seiner Windjacke, ließ es aber auf den Knien liegen. Er beobachtete die Männer über die Ränder seiner Brille hinweg. Einer trat mehrmals gegen den Haufen mit den abgeschnittenen Ästen.

Plötzlich vibrierte Horners Handy. Er zog es heraus, es verfing sich im aufgerissenen Seidenfutter der Tasche. Horner fluchte politisch unkorrekt. Er meldete sich, nachdem er die Rufnummer identifiziert hatte. Eine helle Frauenstimme sagte: »Kann ich schon heute kommen?«

»Anica?«

»Kann ich schon heute kommen? Mein Betreuer hat sich plötzlich angemeldet, dann kann ich schlecht weg.«

Horner überlegte. Es passte ihm gar nicht. Warum kannst du dich nie an unsere Absprachen halten, dachte er. Dann sagte er freundlicher:

»Wann wollen Sie denn kommen?«

»Jetzt gleich.«

»Ich bin gerade erst im Park angekommen. Geben Sie mir drei Stunden.«

»Aber das ist so spät, wie soll ich das schaffen, ich …«

»Anica, schubsen Sie mich nicht rum.«

»Was meinen Sie?«

»Versauen sie einem Pensionär nicht seinen wohlverdienten Vormittag.«

Ein Seufzen. »Wie immer um eins also?«

»Mit ein paar Minuten Spielraum.«

Die Gartenarbeiter begannen wie in einem stummen Ballett, die Berge von Zweigen und Ästen zu umkreisen. Der Uniformierte ging zur Seite, holte ein Handy aus der Jacke und sprach hinein. Der Leiter des Resozialisierungsprojektes mit den Hilfsgärtnern, ein Mann namens Gerd Halland, so stämmig wie eine *Platanus occidentalis*, gab Anweisungen. Jetzt starrte er zu Horner herüber, sie nickten sich zu, er lächelte nicht, aber das tat er selten. Horner nahm sich vor zu warten bis der Polizist weg war, bevor er Gerd Halland fragte, was eigentlich los war.

Er schlug sein Buch auf. Ernest Wilson, Chinesisches Verwirrspiel. Mit Zeichnungen von der Hand des Pflanzenjägers.

Aber er konnte sich nicht konzentrieren. Heute Morgen war wirklich alles ein bisschen anders als gewohnt. Sogar Wallander gab keine Ruhe, hechelte, als wäre es noch immer Hochsommer, und tigerte unruhig auf den Kieswegen herum.

»Platz«, sagte Horner. Der Hund gehorchte nicht. »Platz«, befahl Horner noch einmal. Der Labrador drehte sich in seine Richtung, warf ihm mit schief gelegtem Kopf einen ironischen Blick zu und trippelte in Richtung des Eichenhains davon. Dann setzte er sich auf ein Rasenstück.

Hauptkommissar a. D. Max Horner schlug sein Buch wieder zu, stand auf und ging tiefer in den ummauerten Chinesischen Garten hinein, in den immerwährenden Frühlingsgarten. Er wusste, sein Hund würde ihm folgen, er liebte es, in den Teich mit den Seerosen zu starren, in dem sich der Wasserpavillon spiegelte.

Horner wählte eine Bank im Steingarten. Jetzt folgte ihm Wallander und nahm seinen Platz ein. Na also, dachte Horner und übersah den Hund geflissentlich. Er beugte sich vor, sah aber die Männer am Eichenhain nicht mehr. Er beschloss, sie für den Rest des Vormittags zu ignorieren.

Allmählich erreichte er seine Stufe der Behaglichkeit. Die nächsten Stunden konnten angenehm vorüberschlurfen. Es war still, daran änderten auch nichts die hin und wieder niedrig fliegenden Flugzeuge, und auch nicht die vielen Landschaftsfenster in der weißen Mauer, durch die der restliche Park eindrang. Lag es am Wasserfall, dass der Lärm hier im Herzen der Stadt draußen blieb? Oder lag es an der Marmorbrücke, deren Zickzack-Form die bösen Geister des Getöses und des Unfriedens abhalten sollte, weil Geister nur geradeaus gehen konnten? So hatte Gerd Halland es ihm erklärt. Der Mann kannte sich in diesen Dingen aus.

Horner schlug erneut sein Buch auf.

Schon die erste Seite nahm ihn gefangen. *Die Reise zur Mündung des Columbia auf der Grenze zwischen Washington und Oregon dauerte entsetzliche achteinhalb Monate …*

Horner versuchte, sich vorzustellen, was er las.

Entsetzliche achteinhalb Monate …

Ihm genügte manchmal ein einziger Tag, um völlig zu verzweifeln.

Dann halfen nur der Besuch des Grabes und das stumme Gespräch mit Terttu. Manchmal halfen auch die Dinge in seiner Werkstatt. Diese lange Reihe unbeweglicher Gegenstände, die auf ihn warteten, alle an ihrem Platz, zu jeder Zeit.

Wallander begann endlich damit, in den Teich zu starren.

Der Duft von exotischen Lilien und von Seerosen.

Fast absolute Stille.

Kein Mensch.

Max Horner versank in seiner Lektüre.

Um halb eins tauchte er wieder daraus auf. Er hatte in der Fantasie Tausende von Kilometern zurückgelegt. Aber jetzt wartete seine slowenische Putzfrau in Ginnheim.

Horner legte das rote Lesezeichen der Buchhandlung »Carolus« in der Liebfrauenstraße in das Buch, klappte es zu und erhob sich. Er schnalzte in Wallanders Richtung und ging zu seinem Fahrrad.

Er klemmte den Stoff seines ausgebeulten Beinkleides aus dünnem, hellbraunem Cordstoff wieder mit der Hosenklammer zusammen. Seit einigen Tagen ein Ritual. Wallander setzte sich sofort in Trab wie eine Elchkuh.

Max Horner blickte hinüber zu den Absperrungen. Dort tat sich nichts mehr. Auch der Betriebshof des Parks lag verwaist im Sonnenlicht. Die Gartenarbeiter waren nicht zu sehen.

Unter den Zeugen des Absturzes hatte sich auch Gerd Halland befunden. Er hatte der Kolonne der Baumschneider den Auftrag erteilt. Hallands Gesicht, ohnehin von harten Linien gezeichnet, versperrte sich beim Anblick des Tatortes. Er schüttelte immer wieder den kahlgeschorenen, braungebrannten Kopf. Das hatte einfach nicht passieren dürfen! Nicht gerade jetzt, wo die Öffentlichkeit argwöhnischer denn je auf sie blickte. Nicht gerade jetzt, wo Jens Brandstätter eintraf. Aber natürlich gab es niemals einen geeigneten Zeitpunkt für den Absturz eines Baumschneiders aus höchsten Höhen.

Zum Glück war der nicht ernsthaft verletzt worden, das hatten die Sanitäter gleich bestätigt, bevor sie ihn abtransportierten. Er war dicht über dem Erdboden in seinen Sicherungsseilen hängengeblieben. Aber was würde nun nicht alles spekuliert werden! Was war los im Bethmannpark? Man würde nicht dem Chefgärtner die Schuld geben, dem »Pflanzendoktor« Kalli Bender, zu dem alle gern mit ihren »Patienten« kamen, mit dem verdorrten Kaktus, dem kränkelnden Hortensientopf, der eigensinnigen Zuchtrose, um seine »ärztliche« Hilfe in Anspruch zu nehmen. Sondern allein ihm, der die Hilfsgärtner des Resozialisierungsprojektes für Strafentlassene befehligte, gab man die Schuld, wenn etwas schiefging. Er, Gerd Halland, war zwar nicht verantwortlich, denn er arbeitete nur Benders Einsatzpläne ab, aber er fühlte sich verantwortlich. Für alle Gehölze, für sein Team und für das Drumherum.

Vor allem war er für das Totholz verantwortlich. Er wusste, auch Totholz war ein Lebensraum. Man durfte es nicht einfach nur beseitigen. Es gab Gärtner, die den Totholzstapel wie ein Staudenbeet regelmäßig gossen, damit sich Pilze bildeten. Wer sie unter Kontrolle behielt, kommandierte eine Armee von Zersetzern im Garten, die Gift überflüssig machten. Eine Armee von natürlichen Polizisten, die mit dem Abfall aufräumten. Halland gab sich alle Mühe, diese Armee zu befehligen. Er war stolz auf sein Wissen, das er sich ganz allein angeeignet hatte.

Gerd Halland versuchte, der Bitterkeit Herr zu werden, die ihn wie eine Hitzewelle überfiel und die er nicht unterdrücken konnte. Er stapfte die Parkwege entlang. Sie waren bereits geharkt, aber er bemerkte argwöhnisch, dass die beiden Gehilfen schlampig gearbeitet hatten. Wieder einmal. Unkraut spross ungeniert an den Rändern der Blumenrabatten.

Wo waren die beiden Kerls eigentlich! Er rief, so laut er konnte, zum Betriebshof hinüber.

»Hilbert, Subotnik, wo steckt ihr!«

Sofort stürzten sie heraus. Hilbert auf krummen Fußballerbeinen, flink, durstig wie ein Frettchen, der dunkle Subotnik mit dem Phlegma eines Jungen, der sich gern im Spiegel sieht und sich oft kämmt.

»Es ist nach eins! Macht eure Arbeit!«

»Chef, wir haben Mittagspause! Es ist alles …«

»Red nicht herum. Horst, was ist mit dem Unkraut in den Rabatten los? Und du, Marco, kümmere dich endlich um die Wege im Baumgarten! Sie machen uns allen zusammen die Hölle heiß, wenn wir nicht ordentlich arbeiten! Sie lauern doch schon hinter den Hecken!«

»Wie meinen Sie das, Chef?«

»Ihr werdet jedenfalls nicht fürs Reden bezahlt!«

»Ja, Chef!«

Die beiden Hilfsgärtner blickten verunsichert zu Boden. Horst Subotnik, 28 Jahre, Kleinkrimineller, Marco Hilbert, 36 Jahre, ehemaliger Fixer, nicht vorbestraft. Halland lachte bitter auf. Er sah förmlich, wie der Garten sich angewidert schüttelte vor solchen Gärtnern. Aber sie mussten es packen. Er würde die beiden schon formen. Um den dritten, den Jungen, machte er sich keine Sorgen, Wulf tat immer mehr, als er eigentlich musste, er machte es freiwillig, besaß die Liebe zu allem, was im Garten wuchs – wie Halland selbst. Mit ihm zusammen würde er der Frankfurter Öffentlichkeit beweisen, was mit Hingabe und einem Gespür für Pflanzen zu schaffen war, wenn kein Geld für Fachkräfte da war. Sie würden beweisen, dass Hilfsgärtner den schönsten Park in Frankfurt in Schuss halten konnten!

In Hallands Kopf wirbelte ein Insektenschwarm. Die beiden Hilfsgärtner standen noch immer da und sahen ihn vorsichtig an.

»Nun bewegt euch schon, ihr beiden! Nachmittags will ich Resultate sehen! Am Abend wie immer Rapport!«

Allmählich beruhigte er sich. Es waren seine Leute. Letztlich wollte er keine anderen. Er war für sie verantwortlich. Und, weiß Gott, er würde sich um sie kümmern!

Gerd Halland blickte auf die Armbanduhr und setzte seine Runde durch den Park fort. Er machte an der östlichen Mauer des Bethmannparks Halt, hinter der die hochlebendige Berger Straße begann, die ihre Anwohner jeden Tag in Scharen in den Park spuckte. Heute hielt sich alles in Grenzen. Halland sah nur eine Handvoll Zeitungsleserinnen, die üblichen Obdachlosen auf ihren angestammten Bänken am Rande, den ewig Schreibenden in seinem roten Sommerhemd unter den Platanen, noch keine Mütter mit Kindern hinter der grünen Absperrung des Spielplatzes. Auch das Freiflächenschach war noch verwaist.

Halland spürte so etwas wie Besitzerstolz. Es ist mein Park, dachte er, und es ist ihr Park, der Besucherpark, er ist für sie gemacht, und deshalb besitzt er so viele lauschige Ecken, Inseln der Geborgenheit. Er sah erneut zu den Polizeiabsperrungen hinüber. Horner, der alte Stöberhund, hatte den Park Gott sei Dank wieder verlassen, an diesem Tag wollte er nicht mit ihm sprechen. Obwohl der alte Bulle ihm sympathisch war. Horner besaß eine Tugend. Er war nicht eingebildet. Man konnte in seiner Gegenwart den Mund aufmachen, ohne dass er sofort reinpinkelte, für einen Bullen eine feine Leistung.

Halland blieb unschlüssig stehen. Er hatte noch eine halbe Stunde Zeit, bis Jens Brandstätter eintraf. Der Neue. Der Weggefährte. Mit ihm würde das Gärtnerteam komplett sein. Halland hoffte es wenigstens – dass auch Jens einen grünen Daumen besaß, dass er ein Gespür entwickeln konnte für die Pflanzen und Gehölze. Dass er sich einpassen konnte in die gemeinsame Aufgabe. Gartenarbeit heilt, dachte Halland, mit gutem Gerät und Liebe zur Natur kann man viel wiedergutmachen. Vier Leute, die es nötig hatten, Brandstätter, Subotnik, Hilbert und Wulf Hildebrandt. Wirkliche Gartenliebhaber verschmelzen mit ihrem Garten, dachte Halland, aber das kann ich von ihnen nicht erwarten. Gärtnerarbeit kann aber auch aus harten Jungs, die sich nicht unterordnen können, passable Zeitgenossen machen.

Halland freute sich auf Jens. Damals war Jens Brandstätter sein Freund gewesen. Halland ließ ihre gemeinsame Zeit im

Geiste Revue passieren, alles, was passiert war. Für eine kurze Zeit in der gemeinsamen Zelle hatten sie beide geglaubt, nach der Entlassung könnten sie die Welt umkrempeln.

Deshalb hatte er ihn jetzt geholt.

Gerd Halland beschlich plötzlich das Gefühl, es könnte ein Fehler gewesen sein. Der Knast zeigt einen Menschen nicht, wie er wirklich ist. Da drinnen hält jeder den Atem an.

Ach was! Er riss sich zusammen. Auch Jens braucht seine Chance! Ich werde ihn schon an die Kandare nehmen. Wenn er diesen Garten sieht, wird er weich werden.

Gleich würde er kommen, wahrscheinlich auf dem Motorrad. Wenn er inzwischen Pünktlichkeit gelernt hatte! Halland setzte seinen Strohhut auf, ordnete seine Arbeitskleidung. Sein linker Arm juckte plötzlich stark, dort, wo das Tattoo saß. Er kratzte sich.

Man würde ja sehen.

Gleich nachdem die junge, slowenische Putzfrau Anica das Haus in Ginnheim betreten und Horner sie in ihre Aufgaben eingewiesen hatte, nahm er sich Messer, Korb und Gärtnerschürze und ging hinüber in seinen Schrebergarten, der sich ein paar hundert Meter von seinem Haus entfernt auf den Niddawiesen befand. Die Gartenkolonie »Am Mühlengarten« war an diesem Mittag wie ausgestorben.

Horner sah sich um. Er verwendete zum Kochen nur die Zutaten aus seinem eigenen kleinen Paradies, er wollte alles unter Kontrolle haben. Deshalb beschränkten sich seine Kochversuche im Wesentlichen auf die Zeit zwischen Mai und Oktober. Heute dachte er an eine Ginnheimer Gemüsesuppe. Mal sehen, dachte er, was ich dafür mitnehmen kann.

Porree hatte er als winterfeste Zwiebelart angebaut. Die hartnäckige Lauchmotte bekämpfte er mit einem Kulturschutznetz.

Er lüftete das Netz und grub drei Stangen aus. Dann pflückte er vier Stabtomaten, buddelte fünf kleine Kartoffeln aus dem Boden, nahm einen noch kleinen Kopf Wirsing, vier Möhren, vier Schalotten, zwei Handvoll grüne Bohnen, einen Stängel Salbei und einen Stängel Petersilie. Er hatte keine Handschuhe angezogen und wischte sich die erdigen Hände an der Schürze ab.

Er war eigentlich zufrieden mit seinem Garten, bis auf den Zustand der marokkanischen Minze. Er hatte das wunderbar aromatische Kraut vor einem Jahr gepflanzt, inzwischen drohte es alles andere zu überwuchern. So viel Minze, dachte Horner, kann kein Mensch weder essen noch zu Getränken verarbeiten. Aber im Moment wollte er sich nicht darum kümmern.

Er setzte sich einen Moment auf die Bank am Gartenhäuschen und sah um sich. Sein Blick fiel auf die Linde. Hätte ich lieber einen anderen Baum gepflanzt, dachte er. Er macht nichts als Abfall und Arbeit. Aber auf die beiden Quittenbäume war er stolz. Er hätte gern mehr von ihnen gesetzt, aber das verbot die Kleingartenordnung.

Terttu und er hatten die Quitten bei der Geburt ihrer Töchter gepflanzt. Eine Apfelquitte für Liv, eine Birnenquitte für Karin. Liv liebte und pflegte ihren kleinen Baum, Karin war inzwischen nach Berlin umgezogen und Horner übernahm die Pflege. Max Horner hatte schon manchen Kriminalfall vor diesen beiden Bäumen gelöst. Sie wuchsen eigensinniger als alle anderen Bäume, verschlungen wie Lebenswege, mit Wendungen im Wachstum, die den grübelnden Horner auf unerwartete Lösungen gebracht hatten.

Horner erblickte in der Krone der Apfelquitte plötzlich eine dunkle Stelle. Er stand auf und ging näher heran. Was die Quitte nicht an Höhe hatte, machte sie wett durch bizarres Verhalten. Er sah, dass die fremde Stelle nur ein unförmiger Schatten war, den die Sonne warf. Horner tastete liebevoll über den Stamm, der ihn ebenso wie das Starkgeäst an einen Schlangenkörper erinnerte, der sich nach allen Seiten wand. Quittenbäume waren eigensinnig, so wie es auch Horners Töchter waren, die Äste ließen es sich sogar nicht nehmen, in Richtung Boden zu wachsen, wenn es ihnen gefiel. Horner befühlte ihre seidigen Blätter, sah zu den wulstigen Früchten empor, die jetzt im September schon ihr pelziges Aussehen in Grün, Gelb und Rosa besaßen und stark dufteten.

Alles in Ordnung, dachte Horner und nahm für heute Abschied.

Seinen Rückweg in die Küche, den Ginnheimer Hang hinauf, vorbei an der langen Doppelreihe rauschender Pappeln, bewältigte er in zehn Minuten.

Max Horner wusch die Zutaten und legte sie nebeneinander auf seine Arbeitsplatte. Dann brachte er zwei Liter Rindsbouillon zum Kochen und schnitt zwei der Schalotten sowie die Möhren, die Kartoffeln und den Wirsing hinein. Das Ganze köchelte zugedeckt knapp dreißig Minuten. Horner blickte auf die Uhr, Philipp würde gleich kommen. Er erhitzte in einer schweren Kasserolle vier Löffel Olivenöl, gab hundert Gramm gepökeltes Schweinefleisch und die restlichen beiden Schalotten hinein. Die Tomaten hatte er eingeritzt, in heißes Wasser gelegt, enthäutet und geschnitten, er gab sie jetzt zusammen mit zwei gehackten Knoblauchzehen dazu, dann den feingehackten Salbei. Er ließ alles weitere zehn Minuten schmoren. Als er den Inhalt der Kasserolle in die Suppe gleiten ließ, klingelte Philipp an der Tür.

Horner füllte die Suppe schnell in zwei Teller, bestreute sie mit gehackter Petersilie und geriebenem Parmesan und öffnete die Tür.

Der Junge schrie sofort los.

»Opa Max! Ich hab eine Eins! Der Sportlehrer sagt, ich kann eines Tages zu den Olympischen Spielen!«

Philipp hätte Horner fast über den Haufen gerannt, aber dieser konnte sich rechtzeitig der Tischkante versichern und fing seinen ungestümen Enkel auf.

»Ich gratuliere dir, mein Kleiner, das hast du toll gemacht.«

»Ich bin der Einzige mit einer Eins.«

»Im Polizeisportverein fuhren wir damals zu acht auf einem Motorrad!«

»Ist das wahr?«

»Und ob das wahr ist! Ich zeig dir Fotos. Sie sind im Berliner Olympiastadion aufgenommen, auf dem Polizeisportfest.«

»Ach, das sind ja schwarzweiße Fotos, da sieht man ja nichts drauf. Mein Sportlehrer sagt, wir kriegen rote und blaue Trikots, das sind die Farben unsrer Schule. Und auf dem Rücken steht der Schulname ganz groß.«

Horner stellte den zappeligen, dünnen Jungen auf den Fußboden und nahm seine Hand.

»Aber jetzt essen wir erst einmal. Setz dich. Es gibt Gemüsesuppe, die magst du doch?«

»Na klar! Aber vorher zeig ich dir, was ich gelernt hab. Bleib da stehen.«

Philipps blasses Gesicht hatte rote Flecken bekommen. Er strich sich die halblangen, blonden Haare hinter die Ohren, konzentrierte sich und setzte aus dem Stand zu einer Flugrolle vorwärts an. Als er in der Hocke landete und sich wieder aufrichtete, hatte Horner den Atem angehalten.

»Ganz toll, mein Junge! Wirklich ganz groß!«

»Aus dem Stand!«

»Ja, tatsächlich. Ich habe es gesehen. Ich bin sehr beeindruckt.«

»Klose kann es am besten. Aber wenn ich groß bin, kann ich es besser.«

»Vorher musst du aber Tore schießen«, warf Horner ein.

»Willst du noch einen sehen?«, rief Philipp vor Aufregung viel zu laut.

»Lass uns jetzt essen.«

Sie setzten sich und löffelten. Es schmeckte Philipp offensichtlich. Er sah verträumt aus.

Als sie fertig waren, wischte Horner dem Jungen zwei Suppenflecken vom Hemd.

»Dann komm mal«, sagte er. »Wir gehen in den Keller. Ich habe etwas Neues angefangen.«

»Und der Salto?«

»Lass uns in den Keller gehen. Zum Abschluss machst du noch einen Salto.«

»Na klar!«

Sie gingen die Kellertreppe hinunter. Wallander rannte bereits vor ihnen her. Max Horner musste den Kopf einziehen. Unten befand sich seine Werkstatt. Ein Geruch von Leim, Firnis, Honig und Leinöl empfing sie. Wallander sah ihnen bereits erwartungsvoll entgegen.

»Setz dich auf den hohen Hocker, da hast du den besten Überblick«, wies Max Horner den Siebenjährigen an. »Ich habe heute beschlossen, mit den Schnitzgeräten vorsichtiger zu sein. Das neue Fabeltier mag nicht alles. Messer, Schaber, Raspeln, Sägen, Feilen – damit darf man es auf keinen Fall ärgern. Ich poliere heute nur. Dadurch bekommt es sein Gesicht.«

Max Horner lüftete den Vorhang eines hohen Regals. Halb so groß wie Wallander, kam dahinter ein grünes Tier zum Vorschein, eine Mischung aus Drache, Rüsselschwein und Waschbär.

Philipp schrie begeistert auf.

»Es ist ein richtiges Fabeltier!«

»Das will ich meinen!«

Horner hob das Tier mit seinen Händen, die im Kontrast zu seinem kräftigen Körper schlank wirkten, aus dem Regal und setzte es auf die Werkbank.

»Wie heißt es?«

»Das Fabeltier.«

»Das ist kein Name. Heißt es nicht Patrick oder Philipp?«

»Es heißt nur Fabeltier. Denn es ist ein Fabeltier. Es wird sein Unwesen im Unterholz treiben. Es wird die Wanderer aus dem

Gebüsch heraus erschrecken und dann zum Lachen bringen. Was meinst du?«

Philipp glühte. »Ein Klassetier! Hast du es erfunden?«

»Na ja, ich hatte ein paar Vorbilder.«

»Wann wird es fertig?«

»Ich muss nur noch ein bisschen an seinem Rüssel arbeiten. Er ist noch zu dick. Und ich überlege, ob ich ihm Flügel gebe.«

»Flügel wie bei einem Dino?«

»Wie bei einer Flugechse, mein Junge.«

»Na klar!«

Während Horner jetzt doch die Raspel ansetzte und sachte nachbesserte, legte Philipp ihm den Arm um die Schultern. Der Junge verfolgte jede Bewegung seines Großvaters. Und Max Horner arbeitete langsam, damit Philipp jeden Handgriff verstand. Er hoffte, dass sein Enkel eines Tages seine Liebe zum Holz erben würde.

»So. Jetzt ist es besser. Wie geht es deiner Mutter, Philipp?«

»Sie holt mich nachher ab. Wir gehen in den *Adler*, da treffen wir einen Freund von Mama.«

»Vermisst du deinen Papa sehr?«

»Jetzt nicht mehr so, aber ein bisschen schon noch. – Kommst du mit?«

»Ich glaube nicht. Wann kommt Liv?«

»Um fünf.«

»Dann müssen wir uns beeilen. Jetzt kommt noch Farbe drauf.«

Max Horner bearbeitete das Fabeltier. Unter seinen Händen wurden seine frechen Gesichtszüge immer deutlicher. Es schien zum Leben zu erwachen wie Puck, dem die Götter aufgetragen hatten, in den Gärten und Parks der Menschen sein Unwesen zu treiben. Wallander legte die Stirn in Falten und begann zu knurren.

Als es später an der Tür klingelte, rannte Philipp los, um aufzumachen. Horner beendete seine Arbeit. Er wischte sich die Hände ab und ging nach oben.

Seine Tochter Liv stützte bei seinem Anblick die Arme in die Seiten und lachte los. Dabei bog sie ihren noch immer mädchenhaften Körper nach hinten.

»Du siehst selbst aus wie dein Fabeltier, Papa! Im Gesicht ist alles grün.«

»Ach du lieber Gott. Ich gehe mich waschen.«

Philipp schrie: »Passt auf!«

Er konzentrierte sich einen Moment und dann schlug er einen Salto vorwärts. Aus dem Stand. Und dann noch einen.

3

Christine Perleth lauschte dem satten Geräusch, mit dem die Autotür ihres weißen Mercedes zuschlug. Sie startete, der Motor schnurrte und vibrierte leise, als säße er in ihrem Leib. Sie hatte das Kabriolett von ihrem Vater zum fünfundzwanzigsten Geburtstag geschenkt bekommen, der es wiederum von ihrem Großvater geerbt hatte. Und der – Christine musste überlegen, wie das gewesen war – er hatte es im Jahr 1929 dem Filmstar Lilian Harvey bei Dreharbeiten zu »Liebeswalzer« in Bad Homburg abgekauft; die Harvey hatte noch fünf weitere besessen. Christine lauschte dem sonoren Sound. Ihre Probleme konnten nie so groß sein, dass sie die Lebensäußerungen ihres Gefährts nicht wenigstens einmal in der Woche, wenn auch nur für ein paar Minuten, genoss.

Sie fuhr um einige Straßenzüge und stellte das kostbare Fahrzeug wieder in der Garage ab. Sie stieg in das schwarze BMW-Cabrio um und verließ ihr Anwesen.

Der Wagen fädelte sich in die schattigen, duftenden Villenstraßen des Bad Homburger Stadtteils Dornholzhausen ein. Während Christines blonde Mähne dem Fahrtwind trotzte, weil sie ein blaues *Bulgari*-Stirnband trug, ließ sie die verkehrsarmen Straßen in der Nähe des Gotischen Hauses hinter sich. In der Ferne, im Tal, erschien für einen kurzen Moment die Silhouette Frankfurts wie eine Fata Morgana, mit den Türmen von Banken und Versicherungen, die in den Dunst stachen. Wie ein fehlerhaftes Gebiss, musste Christine denken. Aber die Silhouette veränderte ihr Aussehen, je nachdem, aus welcher Richtung man kam. Christine beschloss, ihre *Ray-Ban*-Sonnenbrille aufzusetzen und kramte sie bei einem Ampelstopp aus der Handtasche. Bei Gelb rauschte sie weiter.

Sie zwang sich, an ihren Auftrag zu denken, obwohl ihre Gedanken woanders waren. Heute hatte sie eine folgenschwere

Entscheidung zu treffen. Sie versuchte, sich darauf zu konzentrieren.

Eine Delegation aus Frankfurts Partnerstadt Guangzhou und der alten Kaiserresidenz Suzhou mit ihren zweihundert historischen Gärten wartete auf sie. Es ging um die Ansiedlung chinesischer Firmen im Ballungsraum Rhein-Main. Zwei unbedingt potente Partner, da konnte sie sich nicht den kleinsten Fehler leisten. Aber warum sollte sie auch! Als PR-Beauftragte ihres Arbeitgebers Frankfurt-Marketing besaß sie das Know-how, als Sinologin brachte sie die Liebe zur chinesischen Kultur mit. Eine perfekte Mischung. Fast perfekt. Wären da nicht die privaten Ausrutscher gewesen.

Christine musste erneut an einer Ampel halten. Heute schien alles rot zu sein. Der Tag drängte sich in ihr Gedächtnis, als sie den dritten Rang beim hundertsten Jubiläum des legendären Gordon-Bennett-Rennens im Taunus belegt hatte. Bei der Siegesfeier war es ihr auf dem Podest schwindlig geworden. Sanitäter hatten sich um sie kümmern müssen.

Nun gut, sie hatte der Diagnose nicht widersprochen. Stress. Körperliche Überanstrengung durch das harte Rennen und die Hitze. Sie hatte viel Staub geschluckt.

Aber Christine kannte den wahren Grund für ihre Schwäche. Bei der Anfahrt zur Siegesfeier hatte sie auf den Wegen mitten im Park unter alten Kastanien eine Begegnung gehabt. Mit einem Mann. Er war Parkhilfsarbeiter in städtischen Diensten gewesen. Ein einfacher Bediensteter in grüner Arbeitskleidung, dessen Hände schmutzig waren. Und doch ein Mann, wie Christine noch keinen getroffen hatte.

Er hatte sie angebrüllt. Wie konnte er das wagen! Sie hatte geschwiegen, ratlos. Und dann war etwas geschehen, das sie bis heute nicht vergessen konnte.

Hinter ihr begann ein Hupkonzert. Christine kam zu sich und fuhr weiter. Sie hatte den Stadtrand erreicht, aber es war seltsam. Christine hatte das Gefühl, Frankfurt kam nicht wirklich näher. Es war beinahe beängstigend. Schien sich die Silhouette nicht sogar schleichend zurückzuziehen?

Es hatte natürlich mit ihr zu tun. Offensichtlich wollte sie nicht wirklich nach dort unten. Christine Perleth überfielen ungute Vorahnungen. Das kannte sie. Irgendwelche besonders empfindliche Sensorien in ihrem Inneren signalisierten Gefahr.

Sie spürte, wie Schweiß ihre Stirn bedeckte.

Sie trat das Gaspedal durch. Der Motor des Cabrios heulte auf wie ein Tier, das Schmerzen verspürte.

Jetzt mach schon, dachte Christine. Stell dich nicht so an.

Sie wusste nicht, ob sie das Gefährt meinte, oder sich.

Jens Brandstätter lachte breit. »Goldlack, Lilien, Bambus, Drachenaugen! Zu kompliziert für einen wie mich. Ich kann das nicht unterscheiden. Hoffentlich nimmst du mir das nicht krumm, Gerd.«

Wulf mischte sich ein.

»Das wird sich ändern, glauben Sie mir! Wenn Sie erst eine Weile hier sind …«

»Sag nicht Sie zu mir, Junge. Wie heißt du – Wulf? Wir sind ja jetzt ein Team.«

»Ja«, sagte Gerd Halland. »Duze ihn, wie die andern auch, Wulf. Er ist nicht älter als ich.«

»Ach stimmt, obwohl du älter aussiehst als ich«, lachte Brandstätter. »Aber ich erinnere mich. Wir sind fast auf denselben Tag geboren.«

»Gleiches Jahr, gleicher Monat, gleiches Tierkreiszeichen, nur ein paar Tage auseinander.«

»Skorpione!«, nickte Brandstätter. »Angriffslustig, giftig, aber immer ganz ehrlich.«

»Sprichst du von dir?«, lachte Halland.

»Von uns beiden, Gerd!«

»Aber wir sind zum Glück Freunde«, sagte Gerd Halland. »Freunde beißen sich nicht.«

»Da hast du recht!«, sagte Brandstätter versöhnlich. »Mensch, Gerd, ich freue mich, dass wir wieder zusammen sind!«

Sie hatten sich zur Begrüßung umarmt und kräftig auf den Rücken geklopft. Jetzt boxte Halland dem anderen in die Seite.

»Geht mir auch so, Jens! Und wir haben hier einen super Arbeitsplatz. Es wird dir gefallen.«

»Klar, wenn ich mich so umsehe, gefällt mir schon jetzt alles. Obwohl ich …«

»Obwohl du keine Ahnung hast!«

»Exakt!«

»Das macht nichts. Als ich umschulte auf Gärtner, wusste ich auch buchstäblich nichts von der Natur. Man kann das lernen. Ich helfe dir dabei.«

»Natur war mir bisher eher lästig. Deshalb nehme ich deine Hilfe dankend an.«

»Wie ist es dir ergangen, seitdem wir uns …«

»So lala. Aber ich fall' immer wieder auf die Füße, weißt du ja. Ich lass' mich nicht unterkriegen.«

»Jetzt bist du kein Einzelkämpfer mehr, Jens. Du hast ein Team! Das ist Gold wert!«

»Ich hab' nie ein Team gebraucht. Was ich gelernt habe ist, allein klarzukommen, immer nach meinen eigenen Regeln.«

»Ich weiß. Ich kenne dich ja. Ich bin dir da ganz ähnlich. Aber hier im Park lernt man, dass man sich ganz freiwillig unterordnen kann. Nicht vor Autoritäten, nein, vor der Natur.«

»Na ja …«

»Im Ernst! Die Natur ist ein toller Arbeitgeber. Von der kriegst du so viel zurück! Das lohnt sich!«

»Du arbeitest gern hier, was?« Jens sah Gerd Halland an, für einen Moment ganz offen und neugierig wie ein Kind.

»Ganz ehrlich? Ja! Aus vollem Herzen! Alles, was hier ist, stimmt mich heiter. Nicht dass ich ständig gut drauf bin, sicher nicht. Aber man kommt immer wieder runter. Der Park nimmt dir nichts übel, er stimmt dich versöhnlich.«

»Das kann ich gut gebrauchen. Ich weiß auch nicht … Ich lauf' manchmal noch immer rum wie ein gezogenes Messer.«

»Klapp es ein, dein Messer, die Gefahr ist vorbei.«

»Wenn es nur so wäre!«

»Vergiss das alles! Die alten Reflexe, die alten Sichtweisen! Im Bethmannpark brauchst du das nicht. Ich drücke dir später eine Grabegabel in die Hand – und schon geht's dir besser.«

»Abrüstung ist angesagt, was?«

»So kannst du das nennen. Die Pflanzen sind freundlich. Sei du es auch zu ihnen. Dann ist alles gut.«

»Das hört sich ja an, als wären diese Gewächse sanfte weibliche Wesen …«

»Das denke ich manchmal wirklich. Deshalb fühlen sich Frauen auch so wohl in Gärten. Sie sind unter sich.«

Brandstätter blickte ihn ungläubig an. Als Halland lachte, stimmte er mit ein.

»Na, mal sehen«, sagte Jens. »Du musst mich eben einweisen. Ich hab' ja überhaupt keine Ahnung von so einem Park.«

»Das mach ich schon, keine Sorge. Ich habe dich ja ausgesucht, weil ich weiß, dass du zwar stur wie ein Ochse sein kannst, aber auch lernfähig.«

»Ich musste das auf die harte Tour lernen, das kannst du mir glauben.«

»Das weiß ich doch. Mensch Jens! Im Knast haben wir manchmal große Pläne geschmiedet, erinnerst du dich? Hat nicht alles funktioniert. Aber jetzt können wir ein bisschen davon umsetzen! Ist das nicht klasse?«

»Klasse ist, dass wir wieder zusammen sind, Gerd.«

»Sehe ich auch so. Und John Wayne ritt mit seinem Gefährten in den Sonnenaufgang hinein.«

»Oder so ähnlich. Du musst mir einfach sagen, welche Bewegungsfreiheit ich hier habe. Wenn ich übers Ziel hinausschieße, einfach Halt sagen. Dir nehme ich nichts übel.«

»Gut zu wissen, Jens.«

»Der alten Zeiten wegen …«

»Wir gehen jetzt mal die Runde ab«, sagte Halland, »damit du deinen Arbeitsplatz kennen lernst.«

»Nicht jetzt gleich«, sagte Brandstätter. »Ich muss mich erst ein paar Takte ausruhen. Geht das?«

Halland zögerte. »Na gut. Wie du willst. Ruh dich aus, Jens, die Einweisung kann ja warten. Ich zeige dir die Unterkunft.«

Während die beiden zu den Baracken des Betriebshofes gingen, legte Brandstätter seinem ehemaligen Zellengefährten den Arm um die Schultern.

Wulf Hildebrandt sah ihnen hinterher. Brandstätter streifte noch im Gehen die Motorradkluft ab, hüpfte zuletzt aus der Hose. Dann verschwanden beide in dem Gebäude, das den Sozialtrakt der Gärtner beherbergte. Wulf hörte ihr Lachen und atmete auf.

Eine Riege älterer Damen in geblümten Kleidern, die Schuhe unter den Bänken, die nackten Füße auf einem niedrigen Mäuerchen, saß wie in einer Opernloge und sprach halblaut, mit langen Pausen, über Alltägliches. Oder die Damen kommentierten die Parkbesucher. Max Horner, den es am Abend noch einmal in den Bethmannpark gezogen hatte, kannte sie.

Horner schätzte all die Parkbesucher, die wie er regelmäßig in den Park kamen. Sie bildeten eine Art Familie. Jeder an seinem Platz. An den älteren Damen schätzte er, dass sie sich nicht zum Sprechen zwangen. Sie waren nicht geschwätzig. Sie redeten nur dann, wenn ihnen etwas Mitteilenswertes eingefallen war. Dabei handelte es sich immer um Banalitäten. Aber auch diese brauchten ihre Entstehungszeit.

Horner dachte manchmal, die alten Damen wollten eigentlich, dass jeder merkte, wie schwer es ihnen fiel, simple Gedanken entstehen zu lassen.

»Meine Nachbarin, also was die Lisa ist, die hat erzählt, der Rewe hat jetzt Eingefrorenes vom Kalb.«

»Na ja, mal sehen.«

Horner hatte am Abend seinen Lieblingsplatz bezogen, die kleine Terrasse mit den drei Bänken. Von hier aus hatte er alles im Blick. Rechter Hand das Freiflächenschach, geradeaus die durchbrochene, weiße Mauer des Chinesischen Gartens, links daneben die Wiese mit den Douglasien und noch weiter links den herrlichen Blumengarten, der sich über die ganze Länge zwischen Friedberger Landstraße und Bergerstraße entlang des Mauerwegs erstreckte. Hinter dem Freiflächenschach war allerdings der Eichenhain mit der großen Liegewiese nur zu erahnen.

Er packte seine Bücher über die Pflanzenjäger aus und begann zu lesen. Seine Nachbarinnen blickten über die Schulter, ließen ihn aber in Ruhe. Als Horner einmal von seiner Lektüre aufblickte, sah er einen jungen Vater, der einen schwarzrotgoldenen Kinderwagen schob und triumphierend um sich blickte. Von solchen Bildern war der Bethmannpark voll, Max Horner sammelte sie wie kleine Kostbarkeiten, amüsierte sich darüber. Aber jetzt wollte er lesen.

Der Pflanzenjäger kam sehr bald an seine Grenzen. Als er an diesem Tag …

»Gestern Abend hat bis acht die Sonne geschienen.«

»Man sieht nur noch Bäuche.«

»Ich fühle mich heute so gut, ich könnte auf einer Baustelle arbeiten.«

Die Damen in seiner Nachbarschaft sonderten stundenlang solche Sätze ab. Sie sprachen die Sätze vor sich hin, als seien sie als Humus für den Park gedacht, als redeten sie nicht miteinander. Horner räusperte sich.

Als er an diesem Tag den Regenwald erreichte …

Was ist eigentlich, dachte Horner, mit dem Pflanzendoktor los? Er hatte Kalli Bender seit zwei Tagen nicht gesehen. Er blickte zu dem niedrigen Gebäude mit dem Schornstein und den rechtwinklig angebauten Gewächshäusern hinüber. Die Tür war geschlossen. Niemand war zu sehen. Er macht Urlaub, mutmaßte Horner, auch Gärtner müssen mal Urlaub machen. Vielleicht im Regenwald, um auch mal die Alternativen zu sehen.

Horners Blick schweifte ab. Einer der vielen Vorteile des Bethmannparks war es, dass unersättliche Sammlerblicke voll auf ihre Kosten kamen. Horner spielte manchmal ein Spiel damit. Er schloss die Augen und sah dann irgendwohin. Prägte sich den Anblick ein, der als Erster erschien, wie auf einer Theaterbühne, die der Scheinwerfer erfasst. Jedes Mal lohnte es sich. Diesmal sah er ältere Männer mit Wasserflaschen in den Händen und Landserkäppis auf dem Kopf, die mitten auf dem Weg aus einem unbekannten Grund stehen blieben, die Gesichter angespannt, als witterten sie eine Beute oder Gefahr.

Horner lächelte amüsiert. Vielleicht schreibe ich mal ein Buch darüber, dachte er. Vielleicht einen Krimi, der hier spielt. Vielleicht wird er »Mord im Bethmannpark« heißen, und dieses ganze Personal hier wird darin mitspielen.

Aber wer sollte hier schon ermordet werden? Der ganze Park atmete Frieden. Es ist ein Park für Menschen, musste Horner denken, die nicht nur irgendeine Grünfläche wollen, sondern einen Ort, dessen Veränderungen sie interessiert. An dem sie sich erfreuen können, wie an einer schönen Landschaft zu verschiedenen Jahreszeiten, und doch ist es ihr eigener Garten. Einer, der nicht nur schön ist, sondern auch zu ihnen spricht.

Er konnte sich nicht auf seine Lektüre konzentrieren. Horner klappte das Buch zu und erhob sich. Er ging langsam hinüber zu den Spielern am Freiflächenschach.

Er kannte sie alle. Und sie kannten ihn. Sie trafen sich jeden Tag an diesem, ihrem speziellen Kampfplatz, der Vorteil war, dass sie keine Erklärungen darüber abgeben mussten. Es war selbstverständlich, dass sie anwesend waren, denn für sie war der Park ja da.

Wo sollten sie sonst sein, dachte Horner. Wo, um alles in der Welt, sollte ich sonst sein, wenn nicht hier, wo Terttu und ich uns zum allerletzten Mal getroffen haben! Um daran immer wieder zu denken, nahm er seit dem Frühjahr den langen Weg von Ginnheim in Kauf.

Man nickte Horner zu. Damit war er Teil des Spiels. Der alte Stöberhund, denken sie wohl, dachte Horner. Am Anfang hatte ihn jemand gefragt, was a. D. heiße. Alternd, hatte Horner geantwortet. Das reichte als Eintrittsticket in den erlauchten Kreis der Schachkämpen.

Horner machte es sich auf dem Rand der harten Parkbank gemütlich.

Heute spielte der Ex-Jugoslawe, der bei jeder Partie mindestens zwanzig Kilometer zurücklegte, gegen einen Taxifahrer, der seine Pausen hier verbrachte. Einige der kleinkindgroßen Schachfiguren lagen bereits als Opfer am Rand, aber kein Spieler hatte sich einen entscheidenden Vorteil erkämpfen können.

Max Horner sah ihnen zu. Der Ex-Jugoslawe tigerte um die Freifläche. Der Taxifahrer hatte sein Pokerface aufgesetzt und lauerte. Er hatte zuletzt seinen Springer gezogen.

Horner wusste, der nächste Zug konnte alles entscheiden, aber bis er vollzogen wurde, konnten die Vormittagsschatten verschwunden sein. Sein Blick löste sich von der Spielfläche und schweifte über das Viereck der gebannten Zuschauer.

Niemand blickte ihn an, alle starrten auf die Spielfläche. Aber Horner wusste, dass jeder von ihnen einen sehr unterschiedlichen, einen speziellen und sortierenden Blick besaß. Denn jeder Charakter hat seine eigene Wahrnehmung.

Was für einfältige Wesen, dachte Horner. Und doch, was für wunderbare Menschen. Ohne Arg, unschuldig in ihrem Denken und Tun wie Pflanzen. Und wie Tiere.

Welch eine Harmonie in diesem Park. Deswegen bin ich hier. Deswegen liebe ich den Bethmannpark. Es ist eine Oase, in der alles eine Einheit bildet. Und die Zeit stehen bleibt.

Waren auch alle anderen auf ihren Plätzen? Horner blickte um sich. Zur Linken erblickte er eine junge Frau. Ein neues Bild, der Bühnenscheinwerfer erfasste sie und wanderte mit ihr. Horners Augen freuten sich über ihren Anblick. Es war, als erschien sie in Farbe, während der bunte Park für Momente in ein unbestimmtes Schwarzweiß absank.

Die junge Frau passte nicht in das Bild dieses Parks, der von den anderen so unbekümmert genutzt wurde, als handele es sich um ihren eigenen Vorgarten. Sie wirkte irgendwie – Horner suchte nach einem Ausdruck – als sei sie grundsätzlicher hier. Außerdem war sie natürlich wunderschön, geschmackvoll gekleidet, eine demonstrative Erscheinung. Eine Frau aus einer Vorstandsetage.

Horner ließ sie nicht aus den Augen. Sie blickte suchend um sich, dann setzte sie sich in den Schatten der Pergola und sah zum Betriebshof hinüber. Sie behielt den Eingang so auffällig im Auge, dass Horner nicht umhin kam, daraus Schlüsse zu ziehen.

Die Gärtner haben Feierabend gemacht, meine Schöne, dachte Horner, die siehst du heute nicht mehr. Aber was sollte eine solche Frau auch mit Gärtnern zu tun haben? Mit Hilfsgärtnern noch dazu!

Horner wies sich selbst zurecht. Kümmere dich nicht um ungelegte Eier!

Horner ging wieder zurück zu seiner Bank auf der kleinen Empore. Die älteren Damen hatten sich nicht gerührt. Horner behielt die schöne Frau im Auge, dabei rutschte ihm sein Buch vom Knie. Die älteren Damen neben ihm schwiegen. Sie sammelten die Banalitäten in sich. Bald würden sie diese wieder wie Lava aus ihren Vulkanen herausschleudern. Horner sammelte sein Buch auf und blickte zu der schönen, jungen Frau hinüber, die ihre blonde Mähne mit einem blauen Stirnband bändigte. Sie saß nach wie vor in angespannter Haltung auf ihrem Gartenstuhl, den Blick auf den Betriebshof gerichtet.

Allmählich wurde Horner neugierig. Manche Menschen verraten sich allein durch ihre Körpersprache, dachte er, sie müssen gar nichts sagen, so wie die älteren Damen an seiner Seite, damit man sie verstand. Sie müssen nur da sein, und schon durchschaut man ihre Absichten. Andere …

Mitten in seine Gedanken hinein stand die Blonde auf und ging zu den Baracken hinüber. Sie blieb dort lange stehen, das Bild einer Frau voller Sehnsucht – aber das konnte wohl kaum stimmen. Irgendwie kam es Horner vor, als gingen seine Wahrnehmungen völlig durcheinander. Er schloss die Augen, öffnete sie wieder. Die Frau stand noch immer da und verkörperte etwas völlig Unpassendes, so als würden sich zwei Welten überlagern.

Als er gerade überlegte, ob er die älteren Damen neben sich ansprechen und fragen wollte, ob sie das gleiche sähen wie er, drehte sich die Blonde auf den Absätzen ihrer weißen Pumps um und verließ den Park.

Der junge Wulf Hildebrandt, blass wie immer, nahm die Schirmmütze von seiner farblosen Borstenfrisur. Er zeigte über die Schulter.

»Da hinten bei der Pergola habe ich Frettchen gesehen, Chef. Was machen wir mit den Tieren?«

»Frettchen? Wieso keine Hermeline, Marder, Wiesel oder Iltisse?«

»Frettchen sind Iltisse, Chef. Es waren Frettchen. Ich kenne sie.«

»Schon gut, du kennst alle Tiere. Also Frettchen. Was tun die?«

Wulf Hildebrandts Augen leuchteten. »Sie sind scheu. Wenn sie hierherkommen, ist irgendwas in Unordnung.«

»Was sollte denn in unserem Park in Unordnung sein?«

»Wir müssen aufpassen«, sagte Wulf nur.

»Jedenfalls sind es Schädlinge, oder? Sie zerfressen alles?«

»Sie fressen Schädlinge, Chef. Es sind Fleischfresser. Wollen wir rübergehen, vielleicht sehen wir sie?«

»Gut«, nickte Halland. »Wir beide gehen rüber. Marco und Horst, ihr bleibt in der Nähe des Betriebshofs. Wenn Jens Brandstätter sich ausgeruht hat, nehmt ihr ihn in die Mitte und beschäftigt ihn. Ihr wisst, was dringend zu tun ist.«

Hilbert sagte: »Ich hab' schon genug mit den abgeschnittenen Zweigen zu tun. Das sind mindestens noch dreißig Fuhren!«

»Behalt trotzdem den Betriebshof im Auge!«

»Und ich muss die Hütte vom Chefgärtner streichen, Chef!«

»Was für eine Hütte?«

»Die gelbe Außenputzfront von seiner Unterkunft. Solange er in Urlaub ist.«

»Hat Kalli Bender dich persönlich damit beauftragt?«

»Ja, an seinem letzten Arbeitstag.«

»Das habe ich gar nicht mitgekriegt.«

»Ich kann nicht beides machen.«

»Herrgott! Stellt euch nicht so an!«

Die beiden Hilfsgärtner murmelten in sich hinein. Dann setzten sie sich in Bewegung.

Es hat sie noch nicht erfasst, dachte Halland, sie sind noch ausschließlich bei ihren eigenen Problemen. Er und Wulf Hildebrandt gingen nebeneinander her. Als die Pergola schon in Sichtweite war, blieb Wulf am Rand eines Beetes stehen. Er deutete auf eine weiße Lilie, die sich zu ihren Füßen entfaltete.

»Sie war kaum überlebensfähig. Aber jetzt ist sie übern Berg. Ich freu' mich so.«

»Schon gut«, erwiderte Halland. »Wir haben auch genug Arbeit reingesteckt, du und ich. Oder etwa nicht?«

»Natürlich, aber ich, aber ich …«

Wulf verhedderte sich. Halland wartete. Er wusste, Wulf war glücklich hier. Glücklich an seiner Seite, in diesem Projekt, mit seiner Tätigkeit. Einfach glücklich.

»Aber ich habe ein so besonders schönes Gefühl für diese Blume«, sagte Wulf endlich. »Ein Gefühl für die schönste Lilie aus den Shuikou-Gärten in Anhui.«

»Ja, ja«, sagte Halland.

»Wir können sie dann in den Chinesischen Garten setzen.«

»Mach das, Wulf. Was ist jetzt mit deinen Frettchen?«

»Da«, sagte Wulf. »Da drüben ist eins!«

Sie standen vor der Pergola. Wie jeden Tag in der warmen Jahreszeit saßen hier an kleinen Tischen die eingebildeten Turnierschachspieler. Sie zogen ihre Figuren und hämmerten mit der flachen Hand auf die Uhren. Es fiel kein Wort.

Wieselflink, dachte Halland. Wie kann man so schnell spielen! Denken die nicht nach?

»Da ist ein Tier«, sagte Wulf.

Halland sah es. Klein, hell, scheu. Wenn das hier überhandnahm, wie schon das Problem mit den Karnickeln, die nachts in Scharen über die Pflanzen herfielen, dann … Er beschloss, sofort nach dessen Rückkehr mit dem Chefgärtner darüber zu reden. Für alle gärtnerischen Belange war Bender zuständig. Er erhielt seine Aufträge vom Grünflächenamt und gab sie an die Arbeiter des Projektes weiter. Zu dumm, dass er gerade jetzt eine Woche lang auf Mallorca war.

»Haben die Viecher etwa Höhlen hier, Wulf?«, wollte Halland beunruhigt wissen. »Die könnten ja alles unterwühlen.«

Wulf erklärte ihm, wie Frettchen sich verhielten. Aus seinen Worten sprach nichts als Tierliebe. Er begriff offenbar nicht, wie viel Arbeit das Viechzeug machen konnte. Halland seufzte innerlich. Was kam noch alles auf sie zu! Das Problem mit den Wildkaninchen hatten sie mit Hilfe von Maschendrahtzäunen um die Beete gerade so in den Griff bekommen.

Halland beobachtete abwechselnd das Frettchen, das mit spitzer Schnauze im Wurzelwerk der Eichen herumschnüffelte, und die Schachspieler, die zogen und hämmerten. Alles könnte gut sein, dachte er. Alles an seinem Platz. Wenn nur jeder wüsste, wo sein Platz ist, und wie er sich da zu verhalten hat.

Das Frettchen schoss am Stamm der Eiche hoch und war schnell in der Baumkrone verschwunden.

»Lassen wir es laufen«, sagte Halland und zog Wulf am Arm mit sich.

»Ich behalte es im Auge«, versprach Wulf.

»Wir müssen jetzt erst mal den restlichen Tag planen. Lass uns durchgehen, was heute noch zu tun ist.«

Wulf ruckelte an seiner Schirmmütze. Er nickte wortlos.

Er ist weich, dachte Halland. Nichts weiter als ein lieber, netter Junge, der zu lange gekifft hat und dann unglücklicherweise mit der Nadel Bekanntschaft machte. Aber jetzt hat er seine Bestimmung gefunden. Er weiß alles über Pflanzen und Tiere. Der Garten ist seine Therapie.

»Ich glaube«, sagte Wulf, »wir sollten uns um die Lilien kümmern. Aber nicht um die weiße aus Souzhou, sondern um die *Lilium martagon* im Chinesischen Garten. Ich hab gestern ein Liebespaar gesehen …. »

»Was für ein Liebespaar?«, wollte Halland zerstreut wissen.

»Eins der vielen Liebespaare eben, die sich hier treffen. Die sind nur mit sich selbst beschäftigt, und ein paar der Lilien brauchen jetzt Pflege.«

»Lass sie. Wir reparieren das.«

»Ich weiß schon, wie du immer sagst, Chef. Der Bethmannpark ist für die Leute da, er ist die Wohnung der Nordendler und Bornheimer, und das Lilienbeet im Chinesischen Garten …«

»… ist ihr Schlafzimmer! Schon gut, Wulf.«

»Ich kann das machen, ich schaff' das allein. Aber wenn Marco und Horst mir helfen wollen, können wir es auch zusammen machen.«

»Wenn du es allein schaffst, Wulf, dann zieh' ich Hilbert und Subotnik lieber für andere Arbeiten ran. Ich lasse sie nicht gern ohne meine Aufsicht arbeiten.«

»Sei nicht zu streng mit ihnen, Chef. Sie geben sich Mühe.«

»Zu wenig leider. Ich habe das Gefühl, sie lieben den Park nicht.«

»Für mich ist der Bethmannpark wie ein lebendes Wesen«, schwärmte Wulf. »Ein großes, atmendes Wesen. Und alles ist ein Teil davon, sogar die Frettchen.«

»Auch die Streuner?«

»Natürlich! Ich denke immer, die kommen in den Park, weil sie ihn schön finden. Sonst könnten sie ja auch auf der Friedberger Landstraße sitzen, das tun sie aber nicht.«

»Du hast ein Herz für alle, Wulf. Eigentlich sollte ich das auch haben, aber es fällt mir schwer. Der Park darf jedenfalls darunter nicht leiden.«

»Sie tun nichts. Sie wollen nur hier sein, wo es schön ist«, sagte Wulf.

»Solange sie ihren Müll wegräumen …«, brummte Halland.

»Wir müssen übrigens neue Müllkörbe anbringen«, nahm Wulf den Faden auf. »Die paar, die wir haben, reichen nicht mehr. Ich finde es nicht schön, wenn Plastik und Flaschen auf den Wegen herumliegen.«

»Meinst du etwa ich?«, knurrte Halland. »Ich könnte die Typen umbringen, die überall ihren Müll verstreuen. Dabei würden sie selbst nicht in einem Park sitzen wollen, der vermüllt ist!«

»Ja, Chef.«

»Schon gut«, sagte Halland versöhnlich.

»Ich fange dann an mit den *Lilium martagon*«, sagte Wulf. »Soll ich?«

»Ja«, erwiderte Halland. »Mach das.«

Er war abgelenkt, weil er sah, dass Jens Brandstätter quer über die Wiese gestiefelt kam. Halland ließ Wulf mit einem Klaps auf den Rücken stehen und ging Brandstätter entgegen.

»Na, ausgeruht?«, rief Halland dem Kumpel entgegen.

»Es kann losgehen!«, rief Jens zurück. »Ich fühle mich wie neu geboren!«

Max Horner war am nächsten Tag ausnahmsweise nicht in den Bethmannpark gefahren. Er verspürte heute keine Sehnsucht nach Tatorten. Außerdem hatte er sich einmal mehr die Frage gestellt, warum er eigentlich die lange Fahrt mit dem Rad über die Kurhessenstraße und die Raimundstraße bis zum Radstreifen auf der Eschersheimer Landstraße auf sich nahm, um in diesen Park zu gelangen. Es gab in seinem Revier, in Ginnheim, andere Grünflächen, wie den ausgedehnten Niddapark, der nach einer Bundesgartenschau entstanden war. Er kannte die Antwort. Der Bethmannpark bedeutete ihm alles. Er war mehr als eine Grünfläche, denn dort hatte er einst seine finnische Frau Terttu kennen gelernt. Und dort hatte er von ihr Abschied genommen. Sie hatte den Park besonders geliebt. Außerdem wollte er die Herausforderung, wie ein Torero die Angriffe des Stiers abzuwehren, den rasenden Autoverkehr aus dem westlichen Umland. Er zwang ihm mit Schnelligkeit und Eleganz seinen Willen auf. Ein täglicher, kleiner Triumph, der ihn fit hielt.

Max Horner war in aller Herrgottsfrühe aufgestanden und in seinen eigenen Garten gegangen, um nach dem Rechten zu sehen. So früh am Morgen hatte er sein kleines Paradies ganz für sich allein. Die Kleingärtner um ihn herum kamen selten vor acht.

Horner streifte Handschuhe über und legte sein Werkzeug zurecht. Er hatte rund um das Gartenhäuschen mit Vorplatz im Stil einer angedeuteten Veranda kleine Plätze angelegt. Soweit das die Kleingartenordnung zuließ. Eine Vogeltränke, einen Steintisch mit Farnen, Sitzbänke aus silbergrau verwitterndem Holz mit Blickachsen, Idylle an Obstbäumchen. An einer Ecke befand sich ein kleiner Scherbengarten in Erinnerung an zersplitterte Tontöpfe, heute gab es Blumen nur noch in schwärzlichen Plastiktöpfen. Er musste die Astern und Dahlien binden, lockerte Erde am Staketenzaun und harkte Fallobst.

Nach einer Weile tat ihm der Rücken weh. Lust und Last des Gartens, dachte er. Er genoss und arbeitete weiter, dachte über die Schädlinge in seinem Kleingarten nach und was er gegen sie ins Feld führen konnte. Nacktschnecken waren immer ein Problem. Dagegen halfen nur niedrige Schneckenzäune, die er angelegt hatte. Und ständiges Abpflücken und Zerschneiden oder Ersäufen in der Wassertonne, was Horner aber ein gewisses Unbehagen bereitete.

Er ging die Ränder des Gartenzauns ab. Sein Eckgrundstück war, wie die Nachbargärten, zu den Wiesen hin mit übermannsgroßen Brombeerhecken und Stauden von Brennnesseln uneinsehbar gemacht worden. Nach Norden hin, wo außerhalb des Gartens eine mächtige Trauerweide stand, hatte er eine kleine Artillerie gegen Wühlmäuse installiert, auf die er stolz war. Es waren gewöhnliche Mäusefallen, die er aber mit Sellerie und Karotten gespickt hatte. Für Wühlmäuse unwiderstehlich.

Dann gab es in den Kleingärten der Niddawiesen noch die Dickmaulrüssler. Dagegen halfen nur Nematoden, obwohl Horner dagegen eine gewisse Abneigung verspürte, weil es ein mörderisches Geschäft war. Die dünnen Fadenwürmer, die er gezielt ausgesetzt hatte, setzten sich in den Käferlarven fest und fraßen sie von Innen auf. Horner vermied es, sich die Einzelheiten vorzustellen.

So, dachte Horner und streckte sich. Jetzt kann der Feind kommen. Halt, der Rasen ist noch ungeschützt! Er holte ein Gefäß mit Molke und eine Packung Mottenkugeln. Der Maulwurf ist der eigentliche Besitzer jedes Gartens, dachte er angriffslustig. Er schüttete die Molke in die Hügeleingänge und legte die Mottenkugeln in andere. Geht zum Nachbarn, dachte er.

Horner blickte um sich. Unkraut war ebenfalls immer ein Problem. Auch Wicken und Efeu. Giersch verdrängte niedrig wachsendes Gemüse. Der Abwehrkampf war nie ganz erfolgreich.

Horner setzte sich in einen Gartenstuhl, überblickte sein Reich. Es war weitgehend gesichert. Wildwuchs fand diesseits des Zaunes nur spärlich statt. Deshalb musste Horner in diesem Kleingarten nicht über den Wildwuchs in der Seele von Tätern nachdenken. Wenn das Nötige getan war, dann war dies ein Ort der Entspannung. Nur die Quitten inspirierten ihn manchmal zu krausen Theorien.

Er stand wieder auf, konnte den Rücken beugen und harkte weiter. Er schaufelte zwei Körbe mit gerupftem Unkraut voll und trug sie zum Kompostkasten. In der Ferne fuhr ein roter Regionalexpress auf dem Damm vorbei. Krähenschwärme stoben lautstark auf. Einer seiner Nachbargärtner aus der Kolonie, durch drei Gärten von ihm getrennt, erschien mit seinem Hund, um nach seinen Flaggen zu sehen. Horner grüßte mit erhobener Hand, der Nachbar riss seine Mütze vom Kopf. Ein laues Lüftchen kam über das Tal der Nidda von den Taunusbergen herunter.

Max Horner ruhte sich noch einen Moment lang aus und verließ den Garten.

Die nächsten Stunden verbrachte Horner damit, in seinem Keller zu schnitzen. Philipp war gekommen, hatte einen Salto geschlagen und war von Liv abgeholt worden. Es hatte Horner gereicht, den Tag verstreichen zu lassen und über die blonde Frau mit dem speziellen Auftreten nachzudenken, die er im Bethmannpark gesehen hatte. Ihr Bild ging ihm nicht aus dem Kopf.

Wie jeden Abend war er dann aufgebrochen und hatte lange am Grab seiner verstorbenen Frau gesessen. Es gab keinen schöneren Platz in Frankfurt, nicht einmal für Lebende, als den Hauptfriedhof. Nun gut, dachte Horner, vielleicht den Bethmannpark. Wenn er gekonnt hätte, wäre Terttu dort unter den

Rosenbeeten begraben worden. Aber er hatte schon eine befristete Ausnahmeregelung für Wallander erwirkt, Hunde hatten im Bethmannpark eigentlich keinen Zutritt. Auch keine Radfahrer, obwohl sich manche nicht daran hielten. Horner hatte Kalli Bender bestochen, mit dem Argument, dass sein Wallander wichtiger sei als ein Radfahrer, und mit einer ordentlichen Spende, damit er endlich einen neuen Zaun um den Kinderspielplatz ziehen konnte. Horner wusste aber, die Genehmigung für Wallander wurde wieder entzogen, denn Bender war ein gerechter Mann. Und Wallander wusste das auch.

Der Hauptfriedhof jedenfalls war ein Ort außerhalb der Zeit. Terttus Begräbnisstätte wiederum lag in einem der schönsten und friedvollsten Winkel des Friedhofs. Unter alten, rauschenden Platanen.

Max Horner war wie immer über die Rat-Beil-Straße gekommen. Er ging den Gruftenweg hinunter, in dessen Arkaden berühmte Bewohner lagen, wie die Familie Gontard. An diesem Tag fiel ihm auf, wie vielen steinernen Engeln der Kopf abgeschlagen worden war, ein befremdliches Bild. An den weißen Grabmalen der Familie Bethmann bog er links ein, ließ ein Elektrogefährt der Friedhofsgärtnerei »Hanisch« vorbeirattern, dann kehrte Totenstille ein.

Max Horner ging an denkmalgeschützten Grabsteinen und Ehrengräbern entlang, die er studierte, obwohl er ihre Namen längst kannte, Adlerflycht, Hayn und immer wieder Bethmann, und dort, wo die beiden mächtigen Platanen von strahlendem Weiß standen, ging er auf die andere Seite einer steinsichtigen Zwischenmauer. Nur auf dieser Seite fanden Normalsterbliche ihre letzte Ruhestätte.

Horner erreichte das Grab seiner Frau, ein umhegter Ort des Friedens. Es roch nach gewässertem Bux und Pinus und frischer Erde. Der Boden rund um den Grabstein aus behandeltem Holz war von Zwergkiefern bewachsen, die als ein Symbol für Lebenskraft, Ausdauer, Bewältigung schwierigen Lebens und eine lange, glückliche Ehe galten. Er befreite den kleinen Steinengel im Grün von gefallenen Blättern, hörte Terttus Stimme und sprach lange mit ihr. Er erreichte immer einen Punkt, an dem er zufrieden war.

Als er aufblickte, bemerkte er eine ältere Dame in rosafarbenem Kleid, die in der Linken, obwohl die Sonne schien, einen aufgespannten, blauen Regenschirm hielt und in der anderen Hand einen blauen Plastikeimer. Sie ging mit Trippelschritten an ihm vorbei, blickte zu ihm herüber und verschwand in einem Mauerdurchlass. Der Geist einer Frau, keine Frau, musste Horner denken, wollte diesem Gedanken aber nicht nachgehen.

Die Baumkronen rauschten. Plötzlich bemerkte Max Horner, wie müde er war. Es war wieder ein langer Tag gewesen, auch wenn er nichts Besonderes getan hatte, die Müdigkeit zog durch seine Glieder. Er beschloss, das Gespräch mit seiner Frau zu Hause fortzusetzen.

Er bedankte sich bei Terttu, winkte ihr zu, versäumte nicht, an der benachbarten Grabstätte für totgeborene Kinder vorbeizugehen, wo sich Nippes und Spielzeug in einer rührenden Geste stapelten, legte einen schneeweißen Kieselstein nieder und strebte dem Ausgang zu. Er schwang sich wieder auf sein Fahrrad und fuhr nach Ginnheim, wo Wallander ihn sicher bereits sehnsüchtig erwartete.

Später am Abend, nach einem kurzen Nickerchen, saß er auf seiner Terrasse. Die Schwalben waren endlich zur Ruhe gekommen, die Lichter des Niddatals glitzerten nur noch schwach, wenn auch nicht weniger geheimnisvoll. Und hinter der Gratlinie des Taunusgebirges war die Helligkeit der längst untergegangenen Sonne nur noch wie ein schmaler, heller Seidenschal vor dem dunklen Anzug der Nacht zu ahnen.

Wenn man genug Fantasie besaß, und ein halbvolles Glas Brandy, das die Sinne schärfte.

Max Horner schwenkte das bauchige Glas, roch daran, nahm einen Schluck. Alles, was verschwindet, wird umso beliebter, dachte er. Das sieht man überall. Die Welt wird elektronisch, virtuell, farblos, unsinnlich, flach, geschmacklos. Gleichzeitig wächst unsere Sehnsucht nach allem, was einen Eigengeschmack besitzt. Und nach allem, was wir anfassen können.

Nach einem Gegenüber.

Siehst du mich, Terttu, ich bin wieder zu Hause, dachte Horner. Bist du das da drüben, dieser blinkende Punkt am Nachthimmel, zwischen all den anderen Sternen? Oder ist das tatsächlich nur ein Flugzeug. Eine dieser taumelnden Sonden. Ein Alien mit Rücklicht.

Ich hätte nicht sterben dürfen.

Hör auf, Terttu! Sei still!

Horner zündete sich schnell eine Zigarette an.

Es war ein langer Tag, Terttu. Es war schön, dich wiederzusehen. Aber jetzt bist du nicht hier. Ich bin betrübt.

In die süßliche Wolke des Orienttabaks hinein dachte er: War nicht so gemeint. Ich weiß, du bist irgendwo in der Nähe, sonst könnte ich ja wohl kaum mit dir sprechen.

Also, dachte er, was haben wir heute erreicht. Max Horner warf einen Blick auf den Stapel Bücher, der auf einem Beistelltisch lag. Ein allerletzter Mauersegler flog dicht am Haus in Richtung auf das Niddatal, alles flog dorthin, es war wie eine Verheißung. Horner liebte das sausende Geräusch dieser eleganten, schnellen Segler.

Man müsste Vogel sein, dachte er, aber ich bin nur ein alter Stöberhund auf plumpen, manchmal schmerzenden Beinen, der noch keine Ruhe geben will.

Er war heute weitergekommen. Der Leser in ihm hatte ein Buch beendet, ein neues angefangen. Und er hatte einen weiteren Entwurf für sein ganz persönliches Fabeltier angefertigt, so wie er es sich vorstellte. Das Tier hatte endlich eine Nase bekommen. Philipp hatte sie toll gefunden.

Zufrieden nahm Horner ein Buch in die Hand, warf einen Blick auf eine Federskizze. Zwei Männer tragen ihr Kanu im

Jahr 1833 über einen gefrorenen Fluss, in der Höhe schauen zwei junge, hübsche Indianerinnen auf sie hinab.

Horner legte das Buch aber wieder auf den Stapel. Er genoss die milde Abendluft, lehnte sich in seinem Korbstuhl zurück, atmete den Zigarettenrauch tief ein – es gab nichts Vergleichbares im Leben als Orienttabak, dessen Rauch man zusammen mit der Luft des Niddatals inhalierte. Dagegen verblassten für einen Moment sogar die von Joseph Banks aufgeschriebenen Genüsse seiner Abenteuer, oder die wunderbaren »Himalayan Journals« von Sir Joseph Dalton Hooker. Spannende Reiseberichte, dachte Horner, aber ich sitze hier in Sicherheit, und die samtene Nacht fällt über diese wunderbare Landschaft zwischen Main und Taunus, von der schon Goethe geschwärmt hat.

Morgen früh, lange bevor Philipp wie jeden Nachmittag um drei kam, würde er erneut mit Wallander in den Bethmannpark radeln, seine Oase im Beton der Stadt. Übrigens, wo war der Hund? Horner lauschte. Wahrscheinlich schlief der Labrador schon, erfüllt von den Gerüchen, die er tagsüber eingesammelt hatte.

Horner würde am nächsten Morgen wie immer im Park eine lange Nadel der Douglasie pflücken und den Zitrusduft einatmen, er würde an Gordon Douglas, den verrückten Pflanzenjäger denken, dessen Luxusvorstellung darin gipfelte, eine Nacht in einem Bett aus Kiefernzweigen zu schlafen. Er würde sich in den Chinesischen Garten des Parks zurückziehen und weiterlesen. Vielleicht tauchte die schöne, blonde Frau mit dem blauen Stirnband wieder auf. Dann würde er sie ansprechen – das nahm er sich vor. Mittags kam Anica zum Saubermachen, am Nachmittag erst der Enkel, dann Liv. Am Abend durfte er mit Terttu essen – wenn es auch so war, dass er ihre Portion mitverzehren musste.

Alles war also wie immer. Alles gut. Alles an seinem Platz.

Und über dem Niddatal begannen immer mehr Sterne zu glitzern. Ein Teppich am Hallendach der Welt, jemand hatte die betörenden Lichter am Himmel angepinnt, auf die eine Helligkeit aus einer unsichtbar bleibenden Quelle fiel. Eine richtig menschenfreundliche Tat. Zu Horners Vergnügen.

Max Horner trank, rauchte, dachte an Terttu.

Und seine vier Jahre zuvor verstorbene Frau riet ihm, sich ein bisschen intensiver mit den Gärtnern im Bethmannpark zu beschäftigen, damit er nicht immerzu nur traurige Gedanken hatte, weil er an sie denken musste, das brachte doch nichts, nachdem sie jetzt … Und dieser Absturz des Baumschneiders war doch nun wirklich alles andere als geheuer.

Meinst du?

Ja, unbedingt! Der Mörder ist doch immer der Garten!

Nun übertreibst du, Terttu!

Aber auf jeden Fall ist der Mörder immer der Gärtner!

Wieso, ich denke, Gärtner sind glückliche Menschen! Und außerdem ist von Mord ja zum Glück gar keine Rede, Terttu.

Ja, aber wenn ich Gärtner vor mir sehe, dann erscheinen sie mir immer wie Leute, die irgendwas ausbrüten.

Das müssen sie, sonst verwildert der Garten.

Ich meine das im übertragenen Sinne.

Undurchsichtige Gesellen, meinst du? Mit unlauteren Mitteln im Kampf gegen den Wildwuchs?

Und wer erblickt ihren eigenen, inneren Wildwuchs? Wuchert da nicht viel Unkraut?

Das klingt nach einer neuen Aufgabe für mich, Terttu.

Das machst du gerne, ich kenne dich doch!

Der alte Polizist wusste, man musste die Menschen befragen, ihnen das Wesentliche entlocken. Horner hatte das einige Male tagsüber wirklich getan und des Nachts tat er es eingebildet.

Mit der tiefen, beseligenden Nachtruhe war es dann allerdings vorbei.

Horner seufzte und nahm ein Buch zur Hand.

An Schlaf ist nicht zu denken, da alle zehn bis fünfzehn Minuten riesige Bäume mit ohrenbetäubendem Krachen umstürzen …

Gordon Douglas hatte kurz vor seinem schrecklichen Tod das ganze Land durchwandert. Barfuß, allein, abgerissen, die Natur wie eine unüberwindbare Wand vor sich. Er, Max Horner, *hatte* ein Alter erreicht, in dem man nur noch im Geiste mitwanderte.

So alt bist du nun auch nicht, hörte er Terttus sanfte Stimme.

»Zumindest nicht im Kopf«, brummte Horner, »das bleibt zu hoffen.« Und plötzlich drang das leise Tappen von Hundepfoten an sein Ohr. Wallander stand im Dunkeln und blickte ihn aus unendlich treuen Augen an.

In tiefster Nacht wurde es im Bethmannpark lebendig. Eine unheimliche Prozession nahm ihren Verlauf. Tausende von behaarten Raupen schlüpften aus den metergroßen Nestern, die sich an den Astgabelungen gebildet hatten. Beharrlich krochen sie am Geäst der alten Eichen hinauf ins Blattwerk. Dort sammelten sie sich. Wenn jemand in diesen Nachtstunden noch im Park gewesen wäre, um sie zu beobachten, hätte er sich vielleicht gefragt, wozu dieser Aufmarsch dienen sollte. Sie zogen auf, um ihr zerstörerisches Werk beginnen zu dürfen. Es im Geäst zu beginnen, es in den Baumkronen zu vollenden. Um danach zu kleinen, unscheinbaren Puppen und dann zu Schmetterlingen zu werden.

Aber zu diesem Zeitpunkt sah sie niemand. Es befand sich kein lebender Mensch mehr im Bethmannpark.

Max Horner konnte in dieser Nacht einfach nicht einschlafen. Er ging wieder vom Schlafzimmer hinaus auf die Terrasse. Ein Gedanke wollte ihm nicht aus dem Sinn.

Gärten helfen uns über die Sinnlosigkeit der Existenz hinweg. Sie trösten mit ihrer sinnlichen Fülle und lenken von der Tatsache ab, dass wir keine Ahnung haben, warum wir überhaupt hier sind.

Von wem war das?

Vielleicht war er es auch selbst gewesen. Er dachte gern über Gärten nach. Aber wenn er seine Beobachtungen nicht in sein goldenes Paperblanks-Buch eintrug, das Liv ihm gerade zu seinem Siebzigsten geschenkt hatte, vergaß er sie. Und in der Nacht tauchten sie dann als Weisheiten von irgendwoher auf. Und raubten ihm den Schlaf.

Die kühle Nachtluft trieb ihn zurück ins Haus.

Max Horner ging wieder zu Bett.

Als er lag, herrschte in seinem Kopf plötzlich taghelles Licht, es leuchtete die Windungen seines Gehirns aus. Er richtete sich im Bett auf.

Der Absturz des Baumschneiders!

Jeder, den er befragt hatte, bestätigte, dass es ein Unfall war, der einfach vorkommen konnte.

Aber bei einem derartigen Profi?

War es tatsächlich ein Unfall?

Dieser Gerd Halland hatte ihm von Frettchen erzählt, die plötzlich aufgetaucht waren und zwischen den Wurzeln der Eichen und ihren Kronen hin- und herrannten. Was hatte es damit auf sich? Halland wollte einen Köcher für die Frettchen basteln, den er so angeblich auf den Kanaren gesehen hatte. Dreißig Zentimeter lang, zehn Zentimeter Umfang aus dem Holz blühender Agaven, mit brauner Pflanzenfarbe gelackt, unten ein Boden aus durchbrochenem Blech, oben ein Deckel aus ebensolchem Blech, der mit Knopfdruck zu öffnen und schließen war, das Ganze mit Schulterriemen versehen. Er wollte eines der Frettchen in den Köcher packen und ihn vor die Höhlen der Wildkaninchen setzen, dann das Tier dort hineinlassen, wo es den Karnickeln die Hälse zerbiss und danach freiwillig wieder in den Köcher kroch. Und dann hatte er auch noch von einer unsichtbaren Gefahr in den Baumkronen erzählt! Halland war ihm nervöser als sonst vorgekommen.

Andrerseits: Musste ausgerechnet er, Max Horner a. D., alternd, vor langer Zeit Hauptkommissar der Frankfurter Kripo, sich mit diesen Dingen beschäftigen?

Während Max Horner erneut seufzend aufstand, sich seinen Morgenmantel überzog und ans Fenster trat, fielen ihm wieder die Reisen des Gordon Douglas ein. Was für Abenteuer! Er war im Auftrag der *Royal Horticultural Society* aufgebrochen, darum konnte man den Pflanzenjäger nur beneiden. Als Gegenleistung für die wohlhabenden Mitglieder der Gesellschaft, die alle Kosten aufbrachten, hatte er die Samen neuer, exotischer und seltener Pflanzen mit nach London gebracht. Horner hatte in den letzten Tagen daran denken müssen. Irgendwie hatte das mit dem Bild zu tun, das ihm die Gärtnergehilfen im Bethmannpark geliefert hatten.

Verrannte er sich nicht mal wieder?

Garten ist Gefühl. Die Stadt ist Vernunft.

Die eingeführten, einst so kostbaren Samen. Der Unfall.

Noch hatte er diese beiden Gedanken nicht miteinander verknüpfen können. Aber die Nahtstelle existierte. Er wusste es. Er musste nur noch ein paar Nächte lang darüber grübeln.

Neue Pflanzen, die man im 19. Jahrhundert an eine privilegierte Minderheit gegen Geldmittel vergab. Von dem Geld wurden die Pflanzensammler bezahlt. Das hatte funktioniert …

Ja, und?

Weißt du doch schon.

Die *Royal Horticultural Society* hatte dadurch bei der Einführung der neuen Pflanzen die Nase immer ganz weit vorn gehabt. Im englischen Wisley in der Region Surrey hatte Max Horner die Resultate bewundern dürfen. Das Paradies! Sich in einem solchen Landschaftsgarten ergehen zu dürfen, das musste verjüngen. Außerdem hielt die Society die reichen Förderer bei

Laune, der Zustrom neuer Pflanzen stillte ihren unersättlichen Hunger nach Neuheiten. Die seltenen Arten, die seit dem frühen 19. Jahrhundert in den Gartenanlagen des Adels gediehen, drückten ihren überlegenen Status aus.

Es müssen eitle Fatzkes gewesen sein, die sich das leisteten, dachte Horner. Aber immerhin liebten sie die Gärten. So wie er. So wie die Besucher des Bethmannparks, auch wenn sie nicht darüber sprachen. Sie ergingen sich darin an sonnigen Tagen, und in den Nächten träumten sie von seiner Schönheit.

Und außerdem …

Horner erblickte draußen die bunten Lichter einer allerletzten Nachtmaschine, die niedrig am Taunusgebirge vorbeiglitt. Er hörte ihr entferntes Geräusch. Seine Uhr zeigte Viertel nach eins. Geh schlafen, Horner, dachte er, was geht dich die *Royal Horticultural Society* an. Was gehen dich die Hilfsgärtner im Bethmannpark an, die im Blumengarten wie fremde Kobolde wirken. Du hast andere Sorgen.

Er legte sich wieder hin. Wallander schnarchte in seinem Korb.

Langsam wurde es dunkel in Max Horners Kopf.

Und außerdem …

Horner schreckte schon wieder auf. Er saß kerzengerade in seinem Bett.

Außerdem umging die Society durch ihr Vorgehen, nur die Privilegierten zu beliefern, die Konkurrenz der freischaffenden Gärtner. Neid und Feindschaft waren die Folge. Es war zu Prügeleien unter Gärtnern und Mitgliedern der Society gekommen.

Ein Gärtner war damals sogar gestorben. Man hatte ihn eines Morgens vergiftet in der Krone einer *Sequoia sempervirens* gefunden.

Das war's!

Die Nahtstelle!

Horner hatte es in einem seiner Bücher gelesen.

Natürlich waren die Gärtner die Mörder gewesen!

Man musste nur ihr Motiv finden.

Horner freute sich über diese Erkenntnis, an der auch Terttu mitgeholfen hatte. Und er freute sich schon jetzt auf den Morgen, an dem er in den Bethmannpark aufbrechen konnte, zum einzigen Tatort, an dem er anwesend sein wollte. Einem fantasierten Tatort allerdings, an dem allerhöchstens Unkraut Pflanzen erstickte.

Es war nur ein Gedankenspiel. Der Garten brachte ihn auf solche Gedanken.

Endlich legte er sich beruhigt schlafen. Und während er einschlief, erwachte der alte Stöberhund in ihm.

4

»Mit dir konnte ich immer reden«, sagte Jens Brandstätter. »Du hast Grips. Und du hast mich immer verstanden. Stimmt doch, oder?«

Halland musste lächeln. Natürlich hatte Jens recht. Aber manchmal, im Knast, hatte er das Verständnis auch gespielt. Denn sie mussten miteinander auskommen, ob sie wollten oder nicht. Der Gefängnisbürokratie war es einerlei, ob Menschen zusammenpassten. Es waren Gesetzesbrecher, basta! Deshalb musste man sich zusammenraufen. Zwei Inhaftierte, die sich nicht vertrugen, in einer engen Zelle, und das für Monate? Es wäre eine doppelte Strafe gewesen!

Die beiden Männer standen im Schatten eines der Ginkgos im Baumgarten des Bethmannparks.

Halland erwiderte: »Ich habe mir zumindest Mühe gegeben. Obwohl du es mir nicht immer einfach gemacht hast, du alter Dickschädel.«

»Ich war sauer. Ich musste ja fast zwei Jahre brummen, du warst nach ein paar Monaten wieder draußen. Ich war neidisch auf dich, ich geb's ja zu.«

»Du kamst mir damals vor wie ein Ausgestoßener. Oft habe ich mich gefragt, wie du jemals zurückkommen willst. Du warst gereizt wie ein Stier, immer kurz vorm Angriff, alles war für dich ein rotes Tuch.«

»Ich wusste meistens nicht, wo es langgeht, das ist die Wahrheit. Alles war ungerecht, ich war der einzige Gelackmeierte. Was fängt man in einer Zelle mit diesem Dauergefühl an? Ich hab' überhaupt kein Licht am Ende des Tunnels gesehen. Alle anderen kamen besser klar – auch du, Gerd. Heimlich habe ich dir das übel genommen.«

»Du hast wohl dabei vergessen, dass ich völlig unschuldig im Knast gesessen habe! Ich habe die Unterschlagung nie begangen, wegen der ich verurteilt worden bin, es war ein reines Indizienurteil. Ich hab' jeden Tag im Knast die Fäuste geballt. Was soll das also heißen, dass ich besser zurechtgekommen bin.«

»Sei nicht sauer, ich mein' ja nur. Klar war das hart für dich. Ich wusste wenigstens, dass ich den Bruch, für den ich eingefahren bin, wirklich begangen habe. Aber ein Trost war das nun auch nicht gerade.«

Halland hatte sich vorgenommen, dem Kumpel den Park zu erklären. Aber jetzt waren die Erinnerungen an damals stärker. Die Bilder überlagerten alle anderen Themen: das Einerlei der Haft, der graue Morgen, wenn man schon beim Erwachen den anderen sieht, der einen die Enge deutlich fühlen lässt, die grenzenlose Macht der Wächter.

»Und sie? Was ist mit ihr?«, fragte Jens und kniff ein Auge zusammen.

»Kein Kommentar!«, ließ sich Halland vernehmen.

»Willst nicht drüber reden?«

»Nein.«

Halland stiefelte los, Jens hatte Mühe, mit ihm Schritt zu halten, obwohl der blonde Hüne durchtrainiert war. Als Halland endlich stehen blieb und sich zu dem Kumpel aus alten Tagen umdrehte, war sein Gesicht wieder entspannt.

»Das sitzt zu tief«, erklärte er. »Vielleicht später.«

»Ich wollte dich nicht nerven.«

»Ach, Unsinn! Seit wann bist du so empfindlich, Jens?«

»Seit ich hier im Garten bin. Alle diese weiblichen Pflanzen machen mich ganz weich …«

Sie mussten über diese Anspielung lachen. Mein Gott, sie konnten lachen!

Schweigend schritten sie dann nebeneinander her.

Gerd Hallands Gedanken rasten. Brandstätters Bemerkung hatte eine Wunde aufgerissen. Sie schmerzte noch immer so, dass er nicht darüber reden konnte. Jedes Wort war wie Salz in dieser Wunde.

Um die unguten Erinnerungen loszuwerden, stellte sich Halland vor, was er mit Jens alles auf die Beine stellen konnte.

Wie der sich als Gärtner anstellen würde, konnte er nicht sagen, aber Jens konnte ihm auf jeden Fall die Last der Aufsicht über die anderen abnehmen. Er musste ihn dazu bringen, diesen Park zu lieben und seine neue Aufgabe ernst zu nehmen. Die Arbeit musste ihn mitreißen. Dann war alles gut.

Vielleicht hatte Jens neue Einfälle, im Knast war ihm alles Mögliche eingefallen, es war nur so aus ihm herausgesprudelt. Aber im Knast musste man auch Einfälle haben. Einfälle waren dort wie Fenster in den Mauern. Man konnte sich damit nach draußen fantasieren. Hier hingegen, in diesem kleinen Paradies, musste man nicht flüchten. Hier wollte man nur eines: bleiben.

Halland fiel ein Satz ein, den Jens zu ihm gesagt hatte: In Innenräumen ist man immer den anderen ausgeliefert, nur wenn man rausgeht, ist man sein eigener Herr. Ein seltsamer Satz, musste Halland denken. Typisch für einen Häftling. Denn jeder in Freiheit würde garantiert andersherum argumentieren: Draußen bist du in Gefahr, nur die eigenen vier Wände bieten Geborgenheit.

Andrerseits, dachte Halland weiter, Jens hat immer seinen eigenen Kopf und originelle Gedanken gehabt. Leider auch regelrechte Anfälle von Grobheit. Er musste ihn also herausfordern. Ihm zeigen, wie wichtig der Freund für ihn war. Wenn alles gut ging, war Gerd Halland tatsächlich nicht mehr allein – und Jens auch nicht.

Halland nahm sich vor, Geduld zu haben, dann konnte nichts schiefgehen.

»Jedenfalls kannst du mir helfen«, hörte er sich sagen. »Zusammen können wir den Park echt voranbringen. Es ist nicht der größte Frankfurter Park, aber in meinen Augen der schönste. Vielleicht, weil ich hier arbeite.«

Jens Brandstätter war stehen geblieben und zeichnete mit den Schuhen Muster in den Sand des Weges.

»Erwarte nicht zu viel, Gerd«, sagte er zögernd. »Ich werde es versuchen, klar. Aber ich kann nicht aus meiner Haut.«

»Was meinst du damit?«

»So grün wie der Wulf bin ich nicht. Gärten haben mir nie was bedeutet. Ich bin in Beton aufgewachsen. Du musst mich schon anleiten.«

Halland winkte ab. »Jetzt stilisier dich nicht schon wieder zum Opfer der Gesellschaft. Das kriegen wir schon hin. Gib dir einfach Mühe, der Rest kommt von allein.«

»Ich versuch's ganz bestimmt, das ist klar. Denn alles andere ist für mich keine Alternative mehr. Ich kann eine Chance erkennen, wenn ich eine sehe.«

»Na also. Du musst hier keine Wunder vollbringen. Einfach nur ein bisschen Gartenarbeit leisten. Dann wirft dir keiner Knüppel zwischen die Beine. Fit genug scheinst du ja zu sein.«

»Übrigens sind eure Liegen im Pausenraum härter als die Pritschen im Knast«, wechselte Brandstätter das Thema.

»Du übertreibst – wie immer!«, meinte Halland. »Außerdem sind wir nicht zum Liegen hier, sondern zum Arbeiten. Es gibt viel zu tun. Ich erklär' dir mal, was es mit diesem Park so auf sich hat.«

»Wenn's denn sein muss«, seufzte Brandstätter. »Lieber wären mir ein Bier und viel Schatten. Und wir plaudern von den alten Zeiten.«

»Das können wir immer noch tun, Jens. Und immerhin hast du ja deine Arbeitskleidung schon angezogen, also kann es auch losgehen. Wir gehen jetzt mal systematisch vor. Am besten, wir fangen drüben am Eichenhain an.«

»Was ist da übrigens los? Der ist abgesperrt wie ein Tatort.«

Halland erklärte ihm, was mit dem Baumschneider passiert war, der das Totholz geschnitten hatte. Kevin Rosen war inzwischen wieder aus dem Krankenhaus entlassen worden, er hatte lediglich unter Atemnot, Schwindelgefühl und rasenden Kopfschmerzen gelitten.

»Kommt so was öfter vor?«, wollte Brandstätter wissen.

»Nein, ich habe es das erste Mal erlebt. Niemand kann es sich erklären, nicht mal Rosen selbst. Ich habe ihn im Maingau-Krankenhaus besucht.«

»Als Erstes würde ich die Säufer rausschmeißen«, erklärte Brandstätter plötzlich und deutete mit dem ausgestreckten Zeigefinger auf die Gruppe, die immer an der gleichen Stelle des Parks mit ihren Flaschen saß.

»Ach, das sind eigentlich keine Säufer, die trinken nur gern mal einen Schoppen Apfelwein in der Öffentlichkeit, es sind eben echte Frankfurter.«

»Das sieht aber nicht gut aus.«

»Sie werden von den anderen Parkbesuchern geduldet, das ist die Hauptsache.«

»Wie du meinst, du bist der Boss«, sagte Jens einfach.

Sie umrundeten die Liegewiese zwischen Friedberger Anlage und Chinesischem Garten, der von jungen Frauen belegt war, die sich sonnten. Brandstätter blieb genüsslich stehen. Gerd Halland wies ihn auf das Ensemble der Bäume ringsum hin, mächtige Akazien mit Elefantenbeinen, Winterlinden, Platanen und Eichen, die inmitten eines flächendeckenden Meers von Chrysanthemen standen.

»Nicht schlecht«, gab Brandstätter zu, und Halland wusste nicht, ob er die Frauen oder die Bäume meinte.

Halland sah Wulf unschlüssig an einem der drei Eingänge zum Chinesischen Garten stehen und zu den Eichen hinüberblicken. Nun geh schon und kümmere dich um deine Lilien, Wulf, dachte Halland.

»Was ist los?«, wollte Brandstätter wissen. Ein Lächeln erlosch in seinem Gesicht.

»Nichts, rein gar nichts. Gehen wir weiter.«

Auf den sechs Bänken um die angrenzende Freischachfläche saßen wie immer ein gutes Dutzend Spieler. Alle hatten ein überlegenes Lächeln aufgesetzt, das ausdrückte, wie viel sie wussten und verstanden. Jeder mischte sich von Zeit zu Zeit lautstark ein. So oft Halland auch zugesehen hatte, er begriff nie, wer die eigentlichen beiden Spieler waren.

»Die Besucher sind unsere wichtigsten Pflanzen«, sagte Halland. »Es ist ein echter Besucherpark, für Besucher angelegt, nicht für die Gärtner. Und schon gar nicht für die Bürokratie. Deshalb musst du mit den Leuten vorsichtig umgehen. Die Stadt hat uns strenge Auflagen gemacht. Der Park ist für die Leute da – nicht umgekehrt.«

Halland bemerkte im gleichen Moment fünf junge, dicke Sinti, die den Park betreten hatten. Obwohl die Jungen die Gärtner bemerkten, holten sie einen Fußball aus dem Rucksack und begannen zu kicken, obwohl das verboten war. Halland kratzte sich den Kopf.

»Der Kerl, der hier das Sagen hat, sagt ja nichts«, bemerkte eine Frau missbilligend, die am Arm ihres Mannes vorbeiging. »Aber das ändert sich jetzt. Jetzt kommandieren hier Sträflinge.«

Halland war sich nicht sicher, ob Brandstätter diese Worte gehört hatte. Jedenfalls stürzte Jens mit einem: »Das gibt's nicht« sofort auf die Fußballspieler los und verscheuchte sie mit groben Worten. Den Ball kickte er über die Mauer auf die Straße.

»Verzieht euch, sonst gibt es was hinter die ungewaschenen Ohren!«, rief er ihnen hinterher.

»Jens!«, versuchte Halland zu beschwichtigen. »Mach halblang! Ich hab' dir doch gesagt –«

»Verbote müssen eingehalten werden, oder?! Haben wir das nicht gelernt, Gerd? Verdammt noch mal, das haben doch gerade wir lernen müssen! Und jetzt kommen die daher und …«

»Schon gut! Aber sei friedlich. Es sind dumme Jungs, man muss anders mit ihnen reden.«

»Es sind Zigeuner! Die kommen hierher und tanzen uns auf der Nase rum, und wenn du nicht hinschaust, rauben sie dich aus!«

Halland seufzte innerlich. Es würde mit Jens an diesem Ort noch harte Arbeit werden. In der Ferne sah er Wulf am Eichenhain stehen und in seine Richtung fuchteln.

Wenn er was will, soll er rüberkommen, dachte Halland.

»Mach langsam, Jens«, bat Halland den Freund, »niemand muss sich hier wirklich aufregen. Es kommt alles ins Lot.«

Wulf Hildebrandt setzte sich im gleichen Moment in Bewegung. Halland sah schon von Weitem, dass er aufgeregt war.

Wulf kam schwer atmend näher.

»Ich dachte, du wolltest dich um die Lilien im Chinesischen Garten kümmern?«, empfing ihn Halland.

»Ich habe was entdeckt, Chef. Etwas Unheimliches.«

»Schon wieder ein Frettchen, diesmal so groß wie eine Dogge?

»Wieso? – Nein! Ich habe nur einem der Frettchen zugesehen. Wie es die Stämme hochrennt.«

»Ja und?«

»Dann hab ich es gesehen.«

»Was denn, Wulf! Nun rede schon.«

»Oben in den Eichenkronen sitzen Nester.«

»Was für Nester?«

»Ich weiß nicht. So was habe ich noch nie gesehen. Meterdicke, dichte Nester von irgendwas. Von unten sieht man sie fast gar nicht. Die gehören jedenfalls nicht dahin.«

»Schon gut, Wulf. Ich kümmere mich später darum.«

»Das könnten gefährliche Schädlinge sein, Chef. Das Frettchen ist dazwischengefahren, es kamen noch ein paar andere dazu. Ich habe plötzlich begriffen, warum die Tiere hier aufgetaucht sind. Aber dann haben alle die Flucht ergriffen.«

»Mm …«

»Irgendwas ist da los, Chef. Sonst wären die Frettchen ja nicht …, die kommen nur, wenn sie auch was zu fressen finden, dafür haben die einen Riecher.«

»Insektennester?«, mischte sich Brandstätter ein. »Das kenne ich. Da gibt's nur eins – Gift!«

»Immer schön langsam«, sagte Halland. »Ich muss mir das erstmal ansehen.«

»Wasserstoffperoxid, sage ich! Von oben aus dem Hubschrauber gesprüht! Möglichst gleich! Das entgleitet dir sonst. Ich kenne das aus dem Schwarzwald. Da haben irgendwelche Viecher ganze Waldstücke kahl gefressen.«

»Sind Sie verrückt, Herr Brandstätter?« Wulf war außer sich. »Und die Parkbesucher?«

»Tiere oder Besucher! Was willst du haben, Junge?«, lachte Brandstätter, jetzt wieder freundlich.

Halland blickte zum Eichenhain hinüber. Dort war der Baumschneider abgestürzt. Hatten die Nester damit zu tun?

»Behalte das im Auge, Wulf. Du kannst es mir später zeigen.«

»Jedenfalls kein Gift«, sagte Wulf. »Dann würde auch alles andere sterben, alles Lebendige.«

Brandstätter drehte ihm den Rücken zu. Er tippte Halland auf die Brust.

»Jetzt zeig mir mal deinen Chinesischen Garten, Gerd. Von dem hab ich schon viel gehört. Scheint ja ein richtiges Kunstwerk zu sein.«

»Gut«, sagte Halland. »Aber wir machen heute pünktlich Feierabend, ich muss noch zu einer Sitzung ins Amt. Übrigens: Wo wohnst du?«

»Keine Angst, ich komm' zurecht. Sie haben mir ein Zimmer im Bahnhofsviertel angewiesen. Kein Palast, aber ich bin anspruchslos geworden.«

»Du bekommst übrigens deinen Lohn von mir ausgezahlt. In einer Lohntüte, wie früher, an jedem Freitagabend.«

»Und woher bekommst du es?«

»Vom Chefgärtner.«

»Und woher bekommt der es?«

»Vom Grünflächenamt.«

»Die Bude, in der ich wohne, hat zumindest keine Fenstergitter«, fügte Jens noch hinzu.

Brandstätter lachte. Und Halland musste mit einstimmen.

»Ja«, sagte der Mann vom Grünflächenamt. »Ja. Ich verstehe. Nein. Das ist unmöglich. Nein.«

Er legte den drahtlosen Hörer auf. Dann saß er wie erstarrt da und starrte auf das Telefon. Er ließ seinen Schreibtischsessel zur Seite drehen und blickte aus dem Fenster in die dichten Kronen der Bäume. Es waren Kastanien, in deren Laub die Wolken von Minimiermotten schon genüsslich ganze Arbeit geleistet hatten. Er beugte sich vor, um in die Baumkronen zu sehen. Nein, dachte er, das darf nicht sein. Das glaube ich einfach nicht.

Er griff wieder zum Hörer und wählte.

»Hallo?«, sagte er. »Was würden Sie sagen, wenn die Motte Konkurrenz bekommen hätte? Wie? Ja, genau, Konkurrenz. Etwas noch Schlimmeres. Das gibt es nicht? Dann kommen Sie mal hierher. Ich beraume für heute Nachmittag, Punkt drei Uhr eine Arbeitskonferenz ein. Ohne Presse selbstverständlich. Ja, drei Uhr, Konferenzraum im ersten Stock. Ja.«

Er steckte den Hörer in die Ladestation.

Im Bethmannpark, dachte er. Warum im Bethmannpark? Und was ist mit den anderen Stadtparks? Den Siesmayer-Parks, den Volksparks? Was ist mit dem Regionalpark im Westen, was mit den umliegenden Kur- und Schlossparks? Warum höre ich von den Friedhöfen nichts?

Im Bethmannpark, also. Dort, wo die Hilfsgärtner eingesetzt werden, diese Halbkriminellen, die sich zu bewähren haben. Wo schon jetzt Unruhe herrscht, jedenfalls unter den Parkbesuchern. Immer wieder kamen Klagen, schriftlich, mündlich, per E-Mail. Mal war der Umgangston der Gartenarbeiter zu laut. Mal taten sie gar nichts. Die Bevölkerung brauchte offenbar manchmal etwas, worüber sie sich aufregen konnte.

Aber er verstand sie. Ihm selbst war dieses Pilotprojekt nicht geheuer. Was hatten Drogensüchtige in Rosenbeeten zu suchen, was Knackis zwischen Eiben? Er hatte sich gegen das Projekt gesperrt, das schon im Regionalpark von Hattersheim gescheitert war, weil es Rückfälle gegeben hatte.

Aber vielleicht konnte man beide Orte nicht miteinander vergleichen. Im Bethmannpark gab es ein Team von sage und schreibe vier Hilfsgärtnern, die von einem Kapo geführt wurden. Die Stadt mit ihren leeren Kassen hatte dankbar angebissen, als man ihr Gartenpflege ohne eigenen Kostenaufwand in den Schoß gelegt hatte. Die Hilfskräfte verdienten wenig, Kost und Logis wurden auf den Lohn angerechnet. In Hattersheim hatte es sich im Wesentlichen um einen einzigen Gärtner gehandelt. Na gut, wenn der umfiel, dann war das Projekt natürlich zu hundert Prozent gescheitert. Das hatte Aufmerksamkeit erregt.

Er beruhigte sich allmählich. Das war die eine Sache. Die andere Sache war das, was er soeben am Telefon gehört hatte. Das war doch nicht zu fassen. Vor ein paar Jahren hatte man drei oder vier dieser Nester im Stadtwald entdeckt, ein Jahr darauf hatte sich die Anzahl verdoppelt. Dann verschwand die Plage urplötzlich wieder. Es war beinahe unheimlich gewesen. Mit einem Schlag waren die Eichenprozessionsspinner fort. Noch bevor man sie großflächig aus der Luft mit Biogiften besprühen konnte, eine längst beschlossene Maßnahme, noch bevor man problematische Einzelbäume vom Boden aus besprühen und die giftigen Raupen mit Industriestaubsaugern entfernen konnte – verschwanden sie spurlos. Man vergaß sie in den Gartenämtern der Stadt Frankfurt, man weinte ihnen keine Träne nach.

Und im vorletzten Jahr, über Nacht, mitten im schönsten Frühjahr, während die Chinesen damit beschäftigt waren, der

Welt vorzuführen, wie man die größte Wirtschaftskrise aller Zeiten in den Griff bekam, hatten seine Leute vor Ort sage und schreibe achtzig Nester gezählt! Achtzig! Alle in den innerstädtischen Parks, keines im Grüngürtel, der die Stadt umgab.

Woher kamen die? Und wohin gingen sie wieder?

Aber jetzt wurde es ernst. Sie waren anscheinend wieder da. In größeren Nestern als jemals zuvor. Und vielleicht auch in größerer Anzahl als jemals zuvor.

Und das Unheimliche war doch, dass diese Biester eigentlich im Herbst verschwanden. Die Falter legten ihre Eier und das war's. Rollte jetzt, mitten im Herbst, eine zweite Welle lebender Krabbler an? War die Natur denn inzwischen völlig aus den Fugen?

Wenn man jetzt nicht rechtzeitig handelte, würden die Falterraupen also zum zweiten Mal in ihrem unberechenbaren ökologischen Zyklus unzählige Eichen kahl fressen. Man konnte nicht alles mit Giften besprühen, um sie wieder loszuwerden. Oder doch? Diese ekelhaften Viecher, mit denen im September keiner mehr rechnen konnte, hinterließen ihre Härchen. Millionen von klebrigen Härchen, die gefährlich waren und Hautreizungen, Schwindel und Atemnot bei Menschen auslösten. Einige Menschen waren bereits in Krankenhäusern behandelt worden. Im Bethmannpark war ein Baumschneider abgestürzt. Eltern hatten die Parkbetreiber beschuldigt, ihre Kinder nicht ausreichend zu schützen. Diese Hinterlassenschaft der aggressiven Raupe, die Gespinstnester, war nicht zu beseitigen. Sie bedeuteten den GAU für alle öffentlichen Parks in Frankfurt am Main. Man stelle sich das vor! Die Parks der Stadt würden abgesperrt und bewacht werden müssen, damit kein Bewohner sie betrat!

Alles dichtmachen, bevor es zu spät ist!, durchfuhr es den Amtsleiter. Sofort!

Er blickte sich erschrocken in seinem Büro um. Natürlich war niemand anwesend. Und er hatte diesen Satz ja auch nur stumm gedacht.

Auf jeden Fall aber Gegenmaßnahmen treffen, dachte er und straffte sich. Entschlossen dagegen vorgehen! Sich gegen die Biester wehren!

Er rief im Bethmannpark an und ordnete die sofortige Schließung aller sieben Eingangstore an.

Christine Perleth konnte sich nicht erinnern, irgendwo anders als hier ein ähnliches Wohlgefühl empfunden zu haben. Vielleicht für Momente damals in den Shuikou-Gärten aus der Ming- und Quing-Dynastie, die sie in der Provinz Anhui, westlich von Shanghai, besucht hatte. Vielleicht in dem einen, einzigen Moment, als sie die Pavillons im Bethmannpark einweihen durfte, an der Seite der Delegation aus Anhui, im Auftrag des Referats für fernöstliche Angelegenheiten der Stadt Frankfurt.

Das waren immer nur kurze Momente eines erfüllten Sinologendaseins gewesen, die man festhalten wollte. Aber hier, in ihrer Heimat, wo sie in die Wälder abtauchen oder an ihrem freien Tag wie heute auf den Landstraßen des Taunus von einem Bergstädtchen zum anderen fahren konnte, war dieses Wohlgefühl immer vorhanden. Daran änderte nichts der Umstand, dass sie allen Grund hatte, todtraurig zu sein.

Sie kannte hier, zwischen Bad Homburg und Wehrheim, zwischen Kronberg, Falkenstein und Hausen vor der Höhe, jeden Meter. Ihr schwarzes Cabrio fand deshalb den Weg von allein. Sie ließ es laufen. Hinauf in den Hochtaunus, am Römerkastell Saalburg vorbei, hinunter nach Neu-Ansbach. Plötzlich verspürte sie Lust, in den Hessenpark zu gehen. Sie war lange nicht dort gewesen.

Sie stieg aus. Als sie zwischen den alten Bauernhäusern des Freilichtmuseums umherging, war ihr Kopf voll. Eine Melange aus ganz leichten und ganz schweren Gedanken. Ein Cocktail von süßen und bitteren Dingen. Manchmal, dachte sie, gibt es Zeiten im Leben, in denen alles zusammenkommt, und man kann nicht mehr unterscheiden, was man will und was nicht. Was einem aufgezwungen wird und was man selbst entscheidet.

Manchmal ist es einfach so, dass man die Zeit nicht mehr versteht, dachte sie. Diesen Stoff, der unser Leben ausmacht. Wenn man die Zeit halten will, enteilt sie, will man sie laufen lassen, bleibt sie stehen, und man versinkt in ihr wie in Morast. Am heutigen Morgen hatte sie das Gefühl gehabt, davon beinahe umgebracht zu werden.

Das hatte damals mit dem Gordon-Bennet-Gedächtnisrennen angefangen. Eine schicksalhafte Begegnung. Seither hatte Christine die Vorstellung entwickelt, sie müsse durch ihr weiteres Leben hindurcheilen wie durch einen Tunnel, und am Ende, endlich, würde sich das Helle zeigen. Der Ausgang. Jemand würde ihr alles zeigen. Dann war sie durch.

Aber wer hätte dieser Jemand sein können?

Er?

Christine hielt es nicht lange aus in der Idylle. Am Marktplatz des schmucken hessischen Dorfes, das hier künstlich errichtet worden war, trank sie noch einen Kaffee und kaufte in der nach frischen Backwaren duftenden Bäckerei ein Croissant. Als die ersten Schulklassen eintrafen, verließ sie das Gelände und fuhr weiter. Es hätte einfach nicht so weit kommen dürfen, dachte sie.

Sie schlug den Weg nach Westen ein. Hier wurden die Straßen noch enger. Und kurviger. In einer fast rechteckigen Kurve musste sie stark bremsen, der Wagen war zu schnell. Sie fuhr am mächtigen Bau einer ehemaligen Lungenheilanstalt vorbei, die bei den Einheimischen nur die »Hustenburg« hieß, passierte das Örtchen Eppenhain und kam nicht weiter. Hier hörten alle Wege auf, sie mündeten einfach in Wiesen oder Feldwegen.

Christine erschrak über die Maßen, weil ihr das wie ein Omen vorkam. Panik stieg in ihr auf. Schnell wendete sie, fuhr ohne Orientierung durch ihr GPS durch weitere Dörfer und erreichte schließlich die Landstraße in Richtung des idyllischen Rheingau. Aber Christine war jetzt so in Gedanken, dass sie all das Schöne um sich herum kaum wahrnahm.

Es hat keinen Zweck, zu fliehen, dachte sie. Sie hielt am Straßenrand und blickte über die bewaldeten Hänge hinab ins Tal. Man muss sich jederzeit seiner Verantwortung stellen.

Sie beschloss, zurückzufahren.

Als sie einstieg, meldete sich ihr Handy. Frankfurt Marketing. Sie musste Änderungen besprechen, die sich durch das spätere Eintreffen der chinesischen Delegation aus Guangzhou und Suzhou ergaben. Christine nahm sich zusammen. Am liebsten hätte sie die Verbindung getrennt, aber es gelang ihr, vernünftig zu reden. Am Abend gab es ein erstes Treffen ihres Komitees, um den Programmablauf zu besprechen.

Sie war mit allem einverstanden.

Christine Perleth fuhr nach Süden. Sie stieß von den Bergen des Taunus hinunter in das Maintal, erreichte in Höhe von Flörsheim die Autobahn und steuerte Frankfurt an.

Nach einer weiteren halben Stunde passierte sie die Stadtgrenze und nahm den Weg zum Bethmannpark.

Sie parkte ihren BMW auf einem staubigen Grundstück am Mauerweg. Es war eigentlich ein Privatparkplatz, aber das Tor war offen.

Schon beim Aussteigen begriff sie, dass der Park geschlossen war. Warum? Der Park war doch jeden Tag bis zum Einbruch der Dunkelheit geöffnet. Hatte es mit dem Absturz dieses Baumschneiders zu tun? Aber das war doch schon vor drei Tagen gewesen, und zwischendurch hatten sie den Bethmannpark doch wieder geöffnet!

Niemand war zu sehen, den sie fragen konnte.

Eine erneute Sackgasse.

Etwas Unvorhersehbares.

Warum brachte sie so etwas sofort an den Rand der Panik?

Die ganze Wucht der damaligen Ereignisse überfiel sie jetzt, als sie an einen der Eingänge trat. Sie legte die Hände um die Gitterstäbe des geschlossenen Tores.

5

Halland drückte Jens Brandstätter eine Saugabel in die Hand. Beide trugen einen Sonnenhut und die gleiche Arbeitskleidung.

»Weil Bender nicht hier ist«, sagte Halland, »und auch niemand vom Gartenamt, der dich einführt, erkläre ich dir einfach mal, was gemacht werden muss.«

»Nur zu.«

»Die Unkräuter müssen weg. Giersch, Quecke, Schachtelhalm, Distel – alles, was da ist, weg. Wenn die Stauden erstmal stehen, ist dem Zeugs kaum noch beizukommen, weil ihre Ausläufer die Wurzelstöcke durchwachsen.«

»Aha. Wie wäre es mit Unkrautvernichtungsmitteln?«

»Davon können auch die Stauden selbst geschädigt werden. Also lassen wir hier lieber die Finger davon.«

»Es wäre aber einfacher. Weniger Arbeit.«

»Die Arbeit macht Spaß, wenn hinterher alles toll wächst. Es kommt nicht darauf an, alles platt zu machen. Du wirst schon sehen.«

»Wenn du es sagst! Dann fang' ich mal an.«

»Aber grab dich nicht bis China durch. Es genügt, an der Erdoberfläche zu bleiben.«

Jens Brandstätter lachte. »Ganz in meinem Sinne.«

Halland und sein Kumpel hackten eine Weile nebeneinander. Ein Bild der Harmonie. Dann ging Halland zu den beiden anderen Hilfsgärtnern, die sich in einiger Entfernung mit Beeten von gelbem Sonnenhut, weißen Perlkörbchen und blauer Katzenminze beschäftigten. Hilbert hatte laut geflucht, seine Hacke hingeworfen und sich das Kreuz gehalten.

Halland sprach mit ihnen, leitete sie an, zeigte, wie man Kräfte spart.

Als er zurückging und sich noch einmal umwandte, sah er zufrieden, wie die beiden Hilfsgärtner sich gegenseitig zur Hand gingen. Brandstätter hielt inne und wischte sich den Schweiß aus dem Hutband.

»Was ist das da?«, deutete er. »Unkraut oder Staude?«

Halland beugte sich zu ihm hinüber. »Das da? Na ja, das kann beides sein. Ich glaube, es ist Felberich, hat starke Ausläufer. Eben wie Unkraut. Lass es stehen.«

»Du weißt auch nicht alles, was?«

»Nein. Wie auch. Würde ich nie behaupten.«

»Das beruhigt mich.«

»Die Natur ist unglaublich vielfältig. Ich glaube, ich werde nie alle Pflanzen kennen, ich bin ja Amateur wie du, gerade Stauden haben ein riesiges Spektrum. Aber die da, das sind Stauden im Anfangsstadium, unkrautähnlich, genau wie das Rohrglanzgras daneben. Da muss man aufpassen.«

»Also stehen lassen.«

»Exakt.«

»Arbeit im Garten ist wie richtiges Leben«, sagte Brandstätter plötzlich.

»Wie meinst du das?«

Jens richtete sich hoch auf. »Wie man es anfängt, so wird es. Alles kommt auf die Vorbereitung an. Man ist selbst dafür verantwortlich, was dann rauskommt.«

»Du bist ja richtig philosophisch«, frozzelte Halland. »Aber es stimmt. Der Garten gibt dir genau das zurück, was du angerichtet hast.«

»Eben, wie im richtigen Leben«, wiederholte Jens.

»Wenn man es richtig macht, stehen Stauden zwanzig Jahre lang am selben Platz und blühen. Andere müssen trotz richtiger Pflege nach zwei Jahren geteilt oder umgepflanzt werden, weil sie sonst vergehen. Herbstchrysanthemen zum Beispiel.«

»Wie im richtigen Leben.«

Beide lachten.

»Ja, ja, aber das richtige Leben schlägt manchmal ein bisschen härter zurück als der Garten.«

»Jetzt bist du der Philosoph«, sagte Brandstätter. »Ich hab' das damals nicht begriffen. Vielleicht tu' ich es heute noch nicht. Man muss die Suppen auslöffeln, die man sich eingebrockt hat. Man kann nicht immer den anderen die Schuld daran geben, wenn sie nicht schmeckt.«

»Du hast Lehrgeld gezahlt, mein Freund.«

»Du etwa nicht?«

»Natürlich! Jede Menge!«

»Deshalb bin ich echt froh, dass du mich geholt hast, Gerd. Ich glaube, hier kann ich mich eine Weile aufhalten. Ich merk' es schon jetzt, es tut gut, nicht immer nur auf Menschen zu reagieren, dann werd' ich schnell wütend, auch ungerecht. Und ich weiß dann nicht …«

»Ich kenne dich. Und ich kenne mich. Da sind wir uns ähnlich. Wir können beide Gemeinheiten nicht leiden.«

»Und davon hab' ich jede Menge mitgekriegt.«

»Na gut, wir sind auch keine Engel.«

»Jedenfalls ist es gut, auf das hier zu reagieren. Auf – ja auf was? Auf Erde. Auf Pflanzen. Auf Grün.«

»Alles ist dankbar.«

Jens runzelte die Stirn. »Dankbar?«

»Wie du selbst sagst, du richtest es an und so wird es. Es gibt dir alles zurück.«

»Wie geht es Christine?«, fragte Brandstätter plötzlich.

Halland brummte. Dann zuckte er die Schultern.

»Ich wollte, ich hätte sie nicht gesehen«, sagte er leise.

Am nächsten Morgen konnte Max Horner den Park wieder betreten. Was für ein Affenzirkus, dachte er. Zu meiner Zeit wäre ein solcher Zickzackkurs, mal schließen, mal öffnen, mal ein bisschen schließen, nicht möglich gewesen. Die Polizei hatte die Schließung des Bethmannparks durch das Grünflächenamt wieder rückgängig gemacht. Schließlich gab es eine Hierarchie, es gab Weisungsbefugnisse. Für die Schließung der Parks wegen einer akuten, mutmaßlichen Gefahr für die Öffentlichkeit war das Umweltdezernat zuständig, und die alarmierten die Polizeibehörde, und die wurde tätig. So lief das ab.

Und was sollte das für eine Gefahr gewesen sein? Max Horner betrat den Park und blickte sich um. Er sah keine.

Wallander blieb diesmal an seiner Seite. Vielleicht hatte der Hund verstanden, worauf Horner ihn vorbereiten wollte, dass nämlich die Ausnahmeregelung für seinen Eintritt bald ablief. Der Chefgärtner hatte sie mit dem Argument begrenzt, sonst würden ja schlafende Hunde geweckt.

Wallander trabte also neben seinem Herrchen her und blickte hin und wieder zu ihm auf, als erwarte er Neuigkeiten.

Horner wollte heute am Rand der Blumenteppiche bleiben. Es war nicht mehr so heiß wie in den letzten Tagen.

Kaum hatte er sich auf eine Bank gesetzt, schoss die Fontäne am Springbrunnen in die Höhe. Und ein Mann kam den Weg von der Berger Straße her so schnell gelaufen, als habe er mitten im Park einen dringenden Termin. Er fläzte sich neben Horner auf die Bank. Das konnte der nun überhaupt nicht leiden. Alle übrigen Gartenbänke waren frei.

»Eine Unverschämtheit!«, sagte der Mann. »Eine komplette Unverschämtheit! Ich könnte den Kerl umbringen.«

»Warum tun Sie's nicht?«, fragte Horner mit geringem Interesse für die Problemlage.

Er wollte lesen.

»Das ist doch nur so eine Redensart. Aber verdient hätte er es!«

»Von wem sprechen Sie eigentlich?«

»Na, von dem neuen Chef!«

»Ach, ist Herr Bender wieder aus dem Urlaub zurück?«

»Was? Keine Ahnung. Nein, der doch nicht, ich meine den Neuen da, diesen Kapo.«

»Ach so, Gerd Halland.«

»Ich weiß nicht, wie er heißt. Aber was er tut, das weiß ich nur zu gut. Sehen Sie mal zu den Eiben an den Vasen rüber. Sehen Sie das nicht?«

»Die Eiben?«

»An den Vasen! Er hat sie so herunterschneiden lassen, dass sie jetzt Bonsais ähneln!«

»Nein, das hat er nicht. Solche Eingriffe kann nicht ein Hilfsgärtner, sondern nur der Chefgärtner vornehmen, und der auch nur, wenn das Grünflächenamt der Stadt –«

»Wichtigkeit! Es geht um den Schnitt!«

»Ja, und der gefällt Ihnen nicht.«

»Und dann die Ginkgobäume! Ist das nicht ein Witz? *Ginkgo biloba*! Lebende Fossile, die schon zu Zeiten der Dinosaurier existiert haben! Sie sind die Könige der Parks! Und leben wir etwa nicht in Frankfurt? Und hat unser größter dichtender Sohn der Stadt etwa nicht die Größe und Majestät des Ginkgobaumes besungen, weshalb wir Frankfurter ihn auch Goethebaum nennen? Und jetzt das da! Diese Ruine! Dieses mickrige Unterholz!«

»Fassen Sie sich, guter Mann«, schlug Horner vor. »Das wächst wieder.«

»Ein schwächelndes Argument, bester Herr, für einen Riesen, den man auch Weltenbaum, chinesischen Tempelbaum nennt! *Das wächst wieder*!«

»Aber regen Sie sich doch nicht so auf!«

»Ich muss mir das jeden Tag von meinem Balkon aus ansehen«, klagte der Mann. »Ich wohne ja gleich hier im Mauerweg, sehen Sie, da drüben, im dritten Stock. Der Bethmannpark ist mein Hinterhofgarten. Ich kenne jede Pflanze, jeden Baum. Und heute Morgen traue ich meinen Augen nicht! Die Ginkgobäume, sage ich zu Gerda –«

»Zu Gerda? Wer ist sie?«

»Na, meine Frau, natürlich. Was glauben Sie denn, wen ich in meiner Wohnung habe!«

»Darüber mache ich mir keine großen Gedanken, mein Herr«, erwiderte Horner. »Ich würde jetzt gerne lesen, wenn Sie gestatten.«

»Also so was Unfreundliches!« Der Mann stand auf und blitzte Horner an. »Was kann schon in einem Buch stehen, das mit solchen Problemen Schritt halten kann! Sie müssen noch viel vom Leben lernen.«

»Mach ich. Und schönen Tag noch«, sagte Horner. Er schlug sein Buch auf und blätterte interessiert.

Der Mann verschwand kopfschüttelnd in Richtung des Ausgangs am Betriebshof.

Max Horner versuchte, sich zu konzentrieren. Er erblickte die im Park verstreut arbeitenden Gärtner und spürte ein Gefühl der Zufriedenheit. Das Leben konnte schön sein, wenn man nichts zu tun hatte. Dann zeigte es sich von einer ganz anderen Seite. Gewissermaßen in seiner reinsten Form. Als Zeit. Als Stoff, der einen umgibt wie eine schützende Haut. Man konnte darin baden, sich suhlen, sich bequem ausstrecken …

Der Mann von vorhin unterbrach seine Gedanken. Er kam zurückgerannt. Jetzt noch atemloser. Er setzte sich zu Horner.

»Sie müssen mir das nicht übel nehmen«, sagte er. »Natürlich muss ich mich mit meiner Beschwerde an das Amt wenden, nicht an Sie, einen harmlosen Parkbesucher. Aber Sie müssen doch zugeben, dass die Probleme dieses Parks größer sind als die irgendeiner Lektüre.«

»Ich muss gar nichts zugeben«, erklärte Horner stirnrunzelnd. »Aber ich könnte mich entschließen, Ihnen einen Moment lang zuzuhören, bevor ich mich wieder dem Pflanzenjäger zuwende. Und seinen Abenteuern, die wahrhaftige Abenteuer sind.«

»Und was hier geschieht, ist etwa kein Abenteuer? Schauen Sie doch mal da rüber!«

»Wohin diesmal?«

»Zu den Kräutern natürlich.«

»Aha. Was sehe ich da?«

Der Mann blickte ihn misstrauisch an.

»Kennen Sie sich nicht mit Würzkräutern aus?«

»Ich habe einen eigenen kleinen Kräutergarten in Ginnheim, wenn Sie das beruhigt.«

»Also dann müssen Sie doch sehen, dass die Flächen eine Kräuterspirale benötigen, nein? Würzkräuter, Duftkräuter und Heilkräuter, wie sie da drüben wachsen, die haben die unterschiedlichsten Ansprüche an Temperatur und Feuchtigkeit. Und dem werden diese Hilfsgärtner hier nicht gerecht. Vermutlich sehen die das Problem gar nicht. Die hatten doch im Knast jahrelang nicht mehr als einen Kaktus vorm Fenster.«

»So lange saßen diese Leute nicht ein.«

»Das ist nicht mein Thema. Die Pflanzen müssen morgens geerntet werden, das steht doch wohl fest, nein? Sobald sie vom Tau getrocknet sind, werden sie geerntet, jetzt bei beginnendem Herbst ganz im Wurzelbereich. Und jetzt schauen Sie mal auf die Uhr!«

Horner tat wie geheißen.

»Es ist gleich Mittag«, konstatierte er. »Und ich muss zurück nach Ginnheim.«

»Es ist gleich zwölf!«, sagte der Mann. »Und die Pflanzen sind immer noch nicht geerntet! Deshalb bin ich ja heruntergekommen!«

»Denn Sie sahen das schon von Ihrem Balkon aus.«

»Eben. Ich komme also herunter und spreche diesen so genannten Chefgärtner an. Und der pflaumt zurück, was mich das angehe. Ich zahle Steuern, erwidere ich, darauf er, das gäbe mir nicht das Recht, mich in gärtnerische Dinge einzumischen, denn das sei Fachwissen. Werter Herr, sage ich, auf meinem Balkon wachsen Pflanzen, von denen haben Sie noch nicht mal was gehört, geschweige denn …«

»Geschweige denn, gegessen«, vermutete Horner.

»Wieso essen?«, sagte der Mann und blickte Horner erneut misstrauisch an. »Ich esse doch keine Kräuter! Sie wohl schon, oder?«

»Was machen Sie mit Kräutern?«

»Ich kultiviere sie! Sie stehen in meinen Blumentöpfen auf dem Balkon. Und weil ich sie in Sätzen aussähe und weil ich nur die Triebspitzen ernte, kann ich mich das ganze Jahr über an ihnen erfreuen.«

»Sie essen sie nicht?«

»Nein!« Der Mann schrie beinahe. »Ich studiere sie. Ich experimentiere mit ihnen. Deshalb kann ich diesen Leuten hier auch Ratschläge geben. Aber die wollen sie nicht hören. Können Sie sich das vorstellen?«

»Ja«, sagte Horner schlicht.

»Wie meinen Sie das?«

»Ich kann mir vorstellen, dass die Gärtner im Bethmannpark respektiert werden wollen. Dass sie wissen, was sie tun. Dass sie es so gut wie möglich machen. Steuerzahler hin oder her. Stellen Sie sich vor, jeder käme von seinem Balkon herunter und mischte sich hier ein.«

»Das denken Sie wirklich?«

»Ich schwöre es.«

»Dann guten Tag!«

Der Mann stand auf und strebte erneut dem Ausgang Mauerweg zu. Horner blickte ihm nach bis er verschwunden war, dann schweiften seine Blicke in Richtung des Hauses, in dem der Mann wohnte. Er sah seinen Balkon im dritten Stock. Und er sah Gerda. Eine Frau mit bunter Schürze und unordentlichem Haar, die ihre Arme in die üppigen Hüften stemmte.

Gärten sind kleine Paradiese, dachte Horner. Aber die Menschen und die Tiere darin sind das Problem. Sie streifen durchs Unterholz und leben ihren Wildwuchs aus.

Er sah, dass Gerd Halland, Seite an Seite mit dem Neuen, in Richtung des Chinesischen Gartens ging. Beide hatten Hacken und Spaten geschultert. Beide ganz Gärtner, auch wenn das eine Täuschung war. Jeder braucht im Leben seine Chance, dachte Horner. Was meinst du, Terttu?

Jeder, erwiderte sie.

Was soll ich heute kochen?

Mach irgendwas. Philipp schmeckt doch alles, was du kochst.

Das heißt aber nicht, dass ich nachlässig werden darf.

Natürlich nicht. Es muss so gut sein, dass es jedem schmecken würde. Und gesund sollte es auch sein.

Dann mache ich heute Folgendes, sagte Horner. Wir haben gerade so schöne Schalotten.

Ja?

Ich dünste kleingehackte Schalotten in Öl, gebe Honig dazu, dann meinen weithin berühmten, selbst gemachten Knoblauchweinessig und einen kräftigen Schuss trockenen Weißwein und köchle das alles ein paar Minuten lang. Dazu kommen klein gehackte Tomaten und zwei in Scheiben geschnittene Stangen vom Staudensellerie dazu. Nach noch einmal sieben Minuten ist alles fertig. Ich lasse es abkühlen, weil es heute draußen warm ist, schlage noch ein Löffelchen Honig darunter, weil Philipp ein Leckermäulchen ist, garniere es mit Sellerieblättern – und schon klingelt der Junge.

Lass mir einen Rest übrig, seufzte Terttu.

Guter Dinge überquerten Halland und Brandstätter die Wege. Sie hatten eine Menge bewerkstelligt. Kurz vor der Mittagspause wollte Halland dem Freund und Kollegen die Aufgaben im Chinesischen Garten zeigen.

Sie überquerten gerade die Brücke, als Wulf Hildebrandt aus dem Pavillon kam. Er ging an ihnen vorbei, ohne den Blick zu heben. Offensichtlich war er in ein Gartenproblem vertieft, Halland wusste, der Junge machte sich über jede Kleinigkeit tiefgründige Gedanken. Amüsiert blickte Halland ihm nach, sagte aber nichts.

»Ein schräger Kerl«, bemerkte Brandstätter. »Mir nicht ganz geheuer. Wie ist er hierhergekommen?«

»Er ist völlig harmlos«, sagte Halland.

»Das kann schon sein«, meinte Brandstätter. »Aber auch ein bisschen fanatisch, oder? Das ist einer von denen, die sich in die Hose machen, wenn sie eine Ameise zertreten.«

»Wulf liebt alles hier«, erklärte Halland. »Eigentlich ist er auch ein kluger Kopf, hat sogar ein paar Semester lang studiert. Aber dann fing er an zu kiffen. Und das hat ihn runtergezogen. Wie so was eben geht. Nach einiger Zeit hing er an der Nadel. Eine Streetworkerin hat ihn im Bahnhofsviertel aufgegriffen, er bekam das übliche Methadonprogramm und machte eine Entziehung. Genau genommen ist der Job hier seine Entziehung. Beim erstbesten Rückfall verschwindet er hinter dicken Mauern, obwohl er eigentlich nichts angestellt hat.«

»Na, mir ist das egal. Solche Bürschchen konnte ich jedenfalls noch nie leiden. Bürgersöhne, denen alles hinten reingeschoben wird, und die es trotzdem nicht packen.«

»Sie packen es nicht, *weil* ihnen alles hinten reingeschoben wird«, sagte Halland. »Auf Wulf trifft das aber gar nicht zu. Er kommt aus spärlichen Verhältnissen.«

»Ich denke, er hat studiert!«

»Komm schon, Klassenhass hilft uns nicht weiter, Jens. Damals nicht und heute erst recht nicht. Vielleicht hat er sich einfach nur mehr angestrengt, könnte doch sein.«

»Mehr angestrengt? Willst du behaupten, wir hätten uns nicht angestrengt? Wir haben nur keine Chance gekriegt! Keine einzige!«

»Lass gut sein! Wir haben jetzt unsere Chance. Und Wulf hat seine. Wir sind auf Augenhöhe.«

»Du bist versöhnlich geworden, mein Lieber. Wenn ich dran denke, was Christine bei dir angerichtet hat, dann könnte ich heute noch die Krise kriegen.«

»Lass es, Jens!«

»Acht Monate haben bei dir ausgereicht, um dich weich zu klopfen, was? Du vergisst schnell!«

»Ich vergesse gar nichts. Aber es hat keinen Zweck, die alten Geschichten immer nur zu wiederholen. Man muss sie verarbeiten, nur dadurch kommt man weiter.«

»Und das tust du?«

»In meinen Augen, ja. Ich habe angefangen, chinesisch zu lernen. Hier, ich trage ein chinesisches Tattoo und ich kopiere die Inschriften des chinesischen Wasserpavillons auf Pergament.«

»Und was bedeutet dein Tattoo?«

»Ein chinesischer Liebesvers an eine entfernte Geliebte.«

»So entfernt ist sie wohl nicht«, sagte Brandstätter gehässig.

»Wie launisch du noch immer bist, Jens«, sagte Halland.

»Entschuldige! Ich kann Gerede nicht ab«, verteidigte sich Brandstätter. »Du hast sie doch wiedergesehen. Also ist sie doch hier irgendwo. Oder nicht?«

»Ich zeig' dir mal den Pavillon«, wich Halland aus. »Und dann kühl dich ab.«

Sie betraten den Pavillon des geläuterten Herzens, der von Wasser umgeben war. Die Schönheit des Baus nahm Halland jedes Mal aufs Neue gefangen. Jens zog eine verächtliche Miene, blickte um sich, kickte einen Stein in die Ecke. Er bemühte sich aber offensichtlich um ein inneres Gleichgewicht.

Sie gingen an den offenen Fensterreihen entlang. Halland deutete nach draußen.

»Die Wasserläufe müssen freigehalten werden, das gehört auch zu unseren Aufgaben.«

»Ich bin kein Fischer.«

»Du sollst auch nicht fischen, Jens. Das Wasser ist flach, wir tragen lange Gummistiefel und holen den Abfall raus. Jetzt sind auch Grünalgen gewachsen, durch die Sonneneinstrahlung, die können auch rausgeholt werden. Im Schilf laichen zum zweiten Mal im Jahr Frösche, die dürfen wir nicht stören. Das Ganze sieht ja nicht nur schön aus, sondern ist auch ein Biotop.«

»Von mir aus«, stöhnte Brandstätter.

»Was ist eigentlich los mit dir?«, fragte Halland. »Ist dir eine Laus über die Leber gelaufen?«

»Ach, das ganze grüne Geschwätz hier geht mir gegen den Strich.«

»Vorhin hast du noch ganz anders geredet.«

»Vorhin war vorhin. Wenn man nicht mal Gift einsetzen darf, um Schädlinge zu vernichten, dann ist das doch scheinheilig. Für wen machst du das alles? Für ein paar reiche Säcke, denen es wichtiger ist, dass die Frösche ungestört bleiben. Und wir? Was ist mit uns?«

»Das eine hat mit dem anderen nichts zu tun, und das weißt du, Jens. Du bist klug genug, um zu begreifen, dass deine ›reichen Säcke‹ uns diese Chance hier geben. Leute unseres Schlages hätten so ein Projekt niemals auf die Beine gestellt.«

»Ach, lass mich in Ruhe damit.«

»Du hast wirklich schlechte Laune, mein Junge.«

»Ich kann das verweichlichte Gerede einfach nicht ab, daran liegt's.«

»Das sagtest du schon, mein Lieber.«

»Mein Leben hat Ecken und Kanten gehabt, und plötzlich muss ich mich mit einem englischen Parkteil und einem französischen Parkteil und einem chinesischen Parkteil beschäftigen. Das ist doch abartig!«

»Jeder muss seinen Arbeitsplatz kennen.«

»Wirf nicht mit deinen Begriffen um dich, Gerd, ich verstehe nichts.«

»Ein bisschen Mühe geben musst du dir schon, alter Freund. Ich denke mir das alles nicht aus. Wir stehen hier ja nicht auf einem Bolzplatz.«

»Das sehe ich. Aber dein Gerede von vorhin. Diese dauernden Belehrungen! Gib mir besser keine Einsatzbefehle, ich mag das nicht.«

»Ich versteh' dich nicht, Jens! Du hast es vorhin doch ausdrücklich wissen wollen! Du hast was von Angeleitetwerden erzählt.«

»Ich war gut drauf, da bin ich nachsichtig. Aber jetzt nicht mehr. Du hättest dich mal hören sollen! ›Der französische Parkteil aus der Anfangszeit ist eigentlich nur noch als Grundriss zu ahnen. Damals waren die Goethes aus dem Großen Hirschgraben die Nachbarn, der Bankier Bethmann kaufte dieses Grundstück am Friedberger Tor und ließ es im französischen Stil anlegen. Im folgenden Jahrhundert baute ein weiterer Bethmann den Garten im englischen Stil um.‹ Und dann noch irgendein Siesmayer, der irgendwelche Teppichbeete angelegt hat. Bla, bla, bla! Das alles ist doch ätzend, Mann! Du tust so stolz, als würde dir der Park gehören. Wer braucht so was? Reiche Säcke!«

»Damals kamen Leute wie wir nicht hierher. Man hätte sie nicht reingelassen.«

»Da haben wir ja Glück gehabt, was? Jetzt sind wir hier!«

»Ja, und wir haben die Aufgabe, diesen Park zu erhalten. Für alle die Leute, die du hier siehst.«

»Na schön«, seufzte Brandstätter, nach dem Ablassen des Dampfes wieder versöhnlicher. »Mir gehen manchmal die Nerven durch. Nimm es mir nicht krumm. Und was ist mit dem chinesischen Teil?«

»Um den gab es ziemlichen Streit. Die Leute wollten nicht, dass ein großer Teil ihres Parks dafür abgeschnitten wurde, das ging ja auf Kosten ihrer Bewegungsfreiheit. Heute lieben sie ihn alle.«

»Vor allem die Drogendealer, was? Die erkenn' ich doch auf den ersten Blick!«

»Nein, nein, die spielen keine Rolle. Obwohl sie es versucht haben, das ist klar. Wir sind in der Mainmetropole. Das haben wir im Griff.«

»Wir?«

»Die Stadt. Das Gartenteam.«

»Wie lange bist du schon mit von der Partie?«

»Seit einem Dreivierteljahr.«

»Du bist schon etabliert, was? Du redest auch so. Da sind mir Subotnik und Hilbert lieber.«

»Lass uns zurückgehen, du bist schon wieder stinkig.«

»Und dann deine blöden Tattoos! Findest du das toll? Was heißt das überhaupt!«

Jens wies auf Hallands linken Unterarm.

»Sie müssen dir ja nicht gefallen. Und hör jetzt auf zu brüllen, verstanden?«

Jens Brandstätter stieß Halland die Hände vor die Brust. Sein Gesicht war versperrt.

»Hör auf, mich rumzukommandieren! Ich mach', was ich machen muss, ok? Aber geh mir nicht auf die Nerven.« Er stapfte davon.

Gerd Halland blickte dem Weggefährten nach. Was hatte Jens bloß? Er spürte, wie tiefe Enttäuschung in ihm aufstieg. War es doch ein Fehler gewesen, Jens Brandstätter in den Bethmannpark zu holen? Im Moment kamen ihm Zweifel.

Wulf Hildebrandt hatte genug gesehen. Und gehört. Nachdem er sich die Gespinstnester in den Kronen der Eichen von unten her noch einmal gründlich angesehen hatte, hörte er diesen Brandstätter sprechen. Ein schrecklicher Mensch! Was war es nur, dass diese beiden Männer so eng verband! Es konnte doch nicht sein, dass Gerd, sein Chef, den er verehrte, mit einem solchen Charakter befreundet war! Mit einem Mann, der quer durch den Chinesischen Garten geschrien hatte, an diesem stillen Ort. An diesem Ort, dessen Wahlspruch war: Ein friedlicher Platz zum Ausruhen. In der Stille findet man Kraft zu neuem Denken.

Stille und Frieden, das war offenbar nichts, womit dieser Mensch etwas anfangen konnte, dachte Wulf. Mit Entsetzen erinnerte er sich an die verständnislosen Worte, mit denen Brandstätter den Chinesischen Garten kommentiert hatte.

Durch eines der zweiundzwanzig Landschaftsfenster in der weißen Mauer hatte Wulf sogar mit ansehen müssen, wie Brandstätter seinem Chef die flachen Hände auf die Brust legte und ihn zurückstieß. Ein fremdes Klima der Gewalt in diesem friedvollen Garten. Das war furchtbar. Wulf liebte gerade den chinesischen Teil, weil er ein Ort des Friedens in Frankfurt war, wo sonst Lärm und Hektik und Gier tobten.

Brandstätter hatte zuvor auch an Gerd herumgezerrt. Er hatte plötzlich seinen Arm gepackt und mit seinem ausgestreckten Zeigefinger darauf herumgehackt. Wahrscheinlich ging es um das Tattoo, das Gerd Halland dort trug. Chinesische Schriftzeichen. Und es ging um die chinesischen Schriftzeichen an der Wand des Pavillons des geläuterten Herzens, auf die Brandstätter deutete.

Wulf wusste nur soviel, dass es sich um Verse aus einem Liebesgedicht handelte. Er hatte nie danach gefragt. Chinesische Schriftzeichen gab es hier ja überall, sogar auf den Felsbrocken, die das Fundament der Tempelpagode bildeten, auf den Holzsäulen des Tempels und auf den Müllbehältern sowieso.

Aber was ging das alles diesen Brandstätter an!

Als der Feierabend kam und Gerd alle Hilfsgärtner nach Hause schickte, war auch Wulf gegangen. Er wollte in seine kleine, von der Stadtverwaltung bezahlte Dachwohnung an der Bornheimer Landwehr. Dort war es still. Und friedlich. Und in einem großen Aquarium schwammen schweigend Guppys.

Wulf Hildebrandt lief die Berger Straße hinunter. Er wich reflexhaft Spaziergängern und Kneipenbesuchern aus, während er nachdachte. Mit diesem Neuen war ihr Gärtnerteam gefährdet. Vor der Eckbuchhandlung mit dem Namen »Ypsilon« blieb er stehen. Aber obwohl es seine Lieblingsbuchhandlung war, sah er die Bücher nicht, er war tief in seine Gedanken versunken. Sie mussten ihn so schnell wie möglich wieder loswerden. Irgendwie.

Sollten ihn die Frettchen fressen!

Wulf erschrak vor seinem Gedanken. Jetzt ließ er sich schon selbst anstecken von diesem rohen Klima, das Brandstätter erzeugte. Nein, es gab sicher eine friedliche Lösung, aber Brandstätter passte einfach nicht ins Team. Er musste mit Gerd darüber sprechen.

Gemeinsam würden sie eine Lösung finden. Sie hatten immer und für alles eine Lösung gefunden.

Aber eins bleibt klar, dachte Wulf, während er weiterging und über die Probleme nachgrübelte. Brandstätter muss wieder weg. Sonst gerät alles aus dem Gleichgewicht. Der Garten, dachte Wulf, ist Harmonie. Auch wenn es Schädlinge gibt und Unkraut und Schlingpflanzen, die nur aus einem Grund auf der Welt zu sein scheinen, um anderen Pflanzen zu schaden. Natürlich, all das gibt es im Garten. Aber die Harmonie wird immer wieder hergestellt. Sie steht obenan. Wicken, Brennnesseln und Herkulesstauden dürfen niemals den Ton angeben.

Menschen wie Jens Brandstätter dürfen niemals den Ton angeben.

In der Höhe einer Videothek blieb er wie vom Donner gerührt stehen. Es war ihm eingefallen, was er tun musste. Gleich! Er musste zurück in den Park und nachsehen. Denn Brandstätter hatte angekündigt, allein weiterarbeiten zu wollen.

Der heckte doch etwas aus!

Wulf Hildebrandt kehrte um.

Er ging mit schnellen Schritten auf dem Trottoir entlang, kam wegen der vielen abendlichen Passanten nur langsam voran, wich auf den Fahrdamm aus. Jetzt ging er schneller, schließlich rannte er. Außer Atem kam er am Park an. Er betrat ihn vom Mauerweg aus. Und er sah sofort, wo Brandstätter sich aufhielt.

Wulf blieb atemlos stehen.

Die anderen waren gegangen, wie Gerd Halland es angeordnet hatte.

Wulf bemühte sich, von Brandstätter nicht gesehen zu werden. Der verschwand jetzt in den Gebäuden des Betriebshofes, vor dem ein Lastkarren stand. Brandstätter schleppte irgendwas. Wulf ging auf Umwegen näher heran. Er musste etwas gegen

Brandstätter in die Hände bekommen. Noch am Morgen hatte er die Akte auf dem Schreibtisch seines Chefs gesehen. Die dicke Akte des Kriminellen Jens Brandstätter.

Wulf wusste, nur so konnte er Brandstätter wieder loswerden. Er musste seine Schwachstelle finden. Jede Pflanze hatte ihre Schwachstelle. Und auch jeder Mensch. Und in die hinein musste er stechen. Immer wieder. Bis alle Jens Brandstätter untragbar fanden. Bis dieses Unkraut verdorrte.

Wulf Hildebrandt schlich um den Karren herum. Er sah sofort, was der geladen hatte. Er bemühte sich, an eines der hinteren Fenster des Betriebshofes zu gelangen. Von dort blickte er ins Innere des Bungalows, in dem Brandstätter verschwunden war.

Er sah den Mann.

Er sah, was er tat.

Christine Perleth kam am nächsten Mittag mit großem Gefolge. Die chinesische Delegation bestand aus vierundzwanzig Personen, Männer und Frauen. Die Frankfurter Marketing GmbH aus sechs Frauen und einem Chef. Der Park wurde von drei Sicherheitsleuten beobachtet. Der Regionalminister der Provinz Anhui tippte Christine leicht auf den Rücken, schob sie so auf chinesische Art höflich nach vorn. Christine holte sich mit einem Blick von ihrem Chef die Erlaubnis und schritt mutig voran.

Als die Abordnung im chinesischen Teil des Parks angekommen war, bildete man einen Halbkreis. Christine war es peinlich, so im Mittelpunkt zu stehen, sie war überhaupt unglücklich darüber, ausgerechnet in diesem Park tätig werden zu müssen. Aber man hatte darauf bestanden. Schließlich war es ihr, der Expertin für chinesische Gartenkunst, zu verdanken, dass die Pavillons restauriert werden konnten. Sie hatte sie im Auftrag des Referats für fernöstliche Angelegenheiten der Stadt Frankfurt eingeweiht, noch vor der Bürgermeisterin gesprochen. Darauf hatten die Chinesen aus der Provinz westlich von Shanghai, die Beauftragten der Shuikou-Gärten aus der Ming- und Quing-Dynastie, bestanden.

Christine musste sich zusammennehmen, um nicht ständig zu den Häusern der Gärtner hinüberzustarren. Warum musste *er* ausgerechnet hier arbeiten!

Sie redete und redete. Eine Flucht nach vorn. Dann verbeugte sich der Leiter der chinesischen Delegation, ein stellvertretender Bürgermeister, und trat vor.

Er sagte, das Reich der Mitte sei stolz. Die Partnerstadt Guangzhou sei stolz. Der Stadtteil Yuexiu der Partnerstadt sei stolz. Die Liurongstraße in Yuexiu sei stolz. Denn es sei gelungen, die freundschaftlichen Beziehungen zwischen diesem Bezirk und dem Bezirk Nordend in Frankfurt unverbrüchlich zu vertiefen. Die Grüne Stadt grüße die Grüne Stadt!

Der Frankfurter Umweltdezernent trat nun vor. Er sagte, Frankfurt sei stolz. Das Nordend sei stolz. Der Bethmannpark mit allen seinen Mitarbeitern sei stolz. Denn die traditionell ökologisch orientierte, 55.000 Köpfe zählende Bevölkerung dieses Stadtbezirks von Frankfurt habe sich als Partner der chinesischen Kultur und Gartenkultur bewährt. Und das solle auch so bleiben.

Christine Perleth reckte den Kopf. Im Betriebshof tat sich etwas. Ein Wagen fuhr vor. Etwas wurde abgeladen. Aber ihn, den ihre Blicke suchten und gleichzeitig auszugrenzen versuchten, ihn konnte sie nicht sehen.

Ein weiterer Leiter der chinesischen Delegation trat in den Kreis. Er sagte, der Verkehr auf der angrenzenden Friedberger Landstraße sei sehr beeindruckend, der historische Bau der Friedberger Warte, den die Delegation am gestrigen Abend besucht hatte, sei ebenfalls beeindruckend, der lebendige Wochenmarkt auf dem Friedberger Platz sei ebenfalls beeindruckend. Beeindruckend sei vor allem das Wort, der Name aller dieser Örtlichkeiten: Friedberg, Frieden. Denn hieße die Inschrift in dem

Wasserpavillon etwa nicht: ein friedvoller Platz zum Ausruhen. Einen passenderen Ort für diesen chinesischen Garten und seine Botschaft gäbe es also nicht.

Einige Umstehende klatschten. Vor allem die Vertreter der Grünen-Fraktion im Römer waren begeistert. Die Abgeordneten des Koalitionspartners in dunklen Anzügen deuteten ein Klatschen gravitätisch an. Man wollte sich nicht gleich positionieren.

Warum eine Stadtteilpartnerschaft?, fragte lächelnd der Vertreter der Frankfurt-Marketing GmbH. Offiziell existieren nur sehr wenige internationale Partnerschaften zwischen Stadtteilen. Frankfurt am Main sei auch hier, wie schon in anderen Bereichen, Vorreiter. Deshalb definiere er diese Kooperation auf Stadtteilebene im Rahmen der bestehenden Städtepartnerschaft als beispielgebendes Experiment. Trotz der großen geografischen Entfernung sei alles lebendig gestaltet worden. Lebendig, das sei das Zauberwort. Alles an dieser Partnerschaft müsse am Leben gehalten und gepflegt werden. Dabei sei man auf einem sehr guten Weg.

Christine bekam ein Zeichen. Zum Abschluss des kleinen Treffens durfte sie noch einmal sprechen.

»Als wir im Frühjahr die chinesische Metropole besuchten, überreichten unsere mitreisenden Politiker den Gastgebern ein Klettergerüst in der Form unseres Rathauses Römer. Unser Gastgeschenk wurde in einer Straße von Yuexiu aufgestellt und dient dort seither den Jungen und Mädchen des Quartiers zum Spielen. Dies werte ich als Symbol. Denn nur das lebendige Engagement der Bürger und Bürgerinnen, am besten der Jugend, kann unsere Verbindung lebendig gestalten. Darauf wollen wir unser Glas erheben.«

Eiliges Hin und Her. Dann hielt jeder Anwesende ein Gläschen mit Maotai-Schnaps in der Hand und trank ihn trotz der frühen Vormittagsstunde. Die Gläser wurden umgedreht. Nicht ein Tropfen nässte den Boden des Bethmannparks.

Vertreter des Nordends, Ortsbeiräte, die Menschen der Beiratsfraktionen und Verantwortliche von Arbeitsgruppen der

Marketing GmbH schüttelten ihren chinesischen Besuchern lange die Hände. Eine aufstiebende Schar krächzender Krähen verdunkelte für einen Moment ihre Häupter. Dann kehrte wieder Ruhe ein. Und alle strebten dem Ausgang des Bethmannparks zu, um nach dem hochprozentigen Aperitif im Bornheimer Apfelweinlokal »Schöne Müllerin«, unweit des Parks, ein wohlverdientes Mittagessen einzunehmen.

Christine Perleth hätte sich gern abgesetzt. Sie verspürte weder Hunger noch Durst, sondern Traurigkeit. Aber ihr Chef lächelte ihr aufmunternd, mit einem Unterton von Unwilligkeit, zu. Und so ließ sie sich inmitten der Gruppe angeregt kauderwelschender Menschen treiben. Letztlich war sie froh, den Bethmannpark wieder verlassen zu dürfen.

Subotnik und Hilbert hatten den Auftrag erhalten, sich um die ausgedehnten Reihen von Phlox zu kümmern. Die sensiblen Gewächse benötigten mehr Wasser und Dünger als alle anderen Pflanzen. Die beiden Hilfsgärtner widmeten sich den Lieblingsblumen des Chefgärtners mit besonderer Aufmerksamkeit.

Wulf Hildebrandt und Gerd Halland hockten sich zwischen den Eichen vor einen Bau der noch immer zahlreichen Wildkaninchen und versuchten, ein gefangenes Frettchen dazu zu bewegen, den Köcher zu verlassen. Jetzt sprang es in das Loch. Jens Brandstätter harkte Wege rund um die Blumenteppiche. Der Bethmannpark schien in diesen Stunden, nachdem die deutsch-chinesische Delegation den Park wieder verlassen hatte, zur Ruhe zu kommen.

»Halland sagt, der Frühherbst ist zum Entspannen da«, sagte Marco Hilbert und schielte zu den Eichen hinüber. »Davon merk' ich nichts.«

»Er sagt auch, Funkie ist nicht gleich Funkie«, brummte Subotnik, während er Unkraut auf den Weg warf, das er zwischen den Agavengewächsen gejätet hatte. »Und er verlangt, dass wir das erkennen.«

»Vielleicht sollten wir es akzeptieren«, meinte Hilbert. »Ich hab' eine Idee. Ich mach' dem Gerd einen quirligen Strauß aus Herbstblumen. Wär das was?«

»Warum das denn?«

»Es ist eine Geste. Der Gerd ist auch im Stress. Hat es ja nicht leicht, mit dem Park, mit uns, mit Brandstätter.«

»Warum sollte er es auch leicht haben?«, wollte Subotnik wissen. »Er ist schließlich der Chef.«

»Kein Mensch will immer nur als Chef behandelt werden, oder?«

»Und keiner als Sklave.«

»Der Gerd behandelt uns nicht wie Sklaven, Horst. Er ist ein anständiger Kerl. Aber er muss auch alles zusammenhalten, sonst steigt ihm die Stadt auf den Kopf.«

»Ich weiß nicht, mir gefällt Jens besser. Der ist eher wie wir. Der hat einen Zorn auf die da oben. ›Lifestyle, Ambiente mit Azaleen‹ nennt er das.«

»Mach doch kein Fass auf, Horst. Wir können es uns nicht erlauben, den einen gegen den andren auszuspielen.«

»Warum nicht? Konkurrenz belebt das Geschäft.«

»Du immer mit deinen Phrasen! Lass uns zusammenhalten! Ich will hier keinen Krieg, hörst du!«

»Du sprichst schon wie Halland. Der gehört längst zum Establishment.«

»Quatsch! Er ist einer von uns, glaub mir. Ich mache ihm einen Strauß aus Astern, Phlox, Chrysanthemen, Lavendelheide und Traubenmyrte.«

»Jetzt überschlag dich mal nicht gleich mit deinen Ausdrücken.«

»Jede Blume hat nun mal ihren eigenen Namen. Das sind die da und die da. Du heißt doch auch Horst und ich Marco, und wir wollen, dass man unsere Namen kennt.«

»Das hat damit doch nichts zu tun! Schließlich haben wir auch eine Seele, oder?«

»Da bin ich mir nicht immer ganz sicher.«

»Mach was du willst. Ich halte es lieber mit Brandstätter. – Na ja, eine nette Geste wär' es schon, obwohl Halland ja einen ganzen Garten als Blumenstrauß hat. Aber dann kannst du auch gleich dem Jens eine Handvoll Korkenzieherblumen schenken.«

»Was sind denn das für welche?«

»Die da! Sie heißen eigentlich australische Flaschenputzer. Aber Halland nennt sie Korkenzieherblumen, wegen ihres Wuchses. Als Willkommensgruß.«

»Der Brandstätter braucht kein Willkommen, Horst. Der ist schon angekommen. Der hat keine Probleme mit irgendeiner Eingewöhnung.«

»Du hältst eher zu Halland, was?«

»Halland! Brandstätter! Ich sag' dir, mach hier nicht auf Konkurrenzkampf! Wir sind ein Team!«

»Man muss die Zeichen der Zeit erkennen.«

»Oder ich nehme die Hornveilchen«, überlegte Hilbert, »zusammen mit Herbstenzian.«

»Ja, ja, mach mal. Da, sie haben ein Wildkaninchen. Jetzt gehen sie zum nächsten Bau. Aber die Nester in den Kronen, die kriegen sie damit nicht. Die bleiben.«

»Die richten ja auch keinen Schaden an. Jedenfalls bisher nicht. Wenn ich mir überlege, wie hysterisch das Amt reagiert hat und schließt gleich den ganzen Park, nur wegen ein paar Raupen, die Bürokraten sind doch blöde.«

»Achtung, Brandstätter kommt!«

»Na, wenn schon. – Hallo, Jens, fühlst du dich einsam?« Hilbert bemühte sich um einen freundlichen Ton.

Brandstätter leckte sich die Lippen. »Wieso denn das? Ich überleg' mir die ganze Zeit, ob nicht andere die Wege harken können. Die Rumhänger da zum Beispiel. Das würden die vielleicht sogar gerne tun.«

»Quatsch«, sagte Hilbert mit Überzeugung. »Das sind Besucher. Warum sollten die für uns arbeiten? Und was machen wir dann? Zeitung lesen? Äppler trinken?«

»Warum nicht!«

»Und dafür kriegen wir dann bezahlt, meinst du? Das haut wohl kaum hin, Brandstätter.«

Jens konterte: »Oder die Schachspieler an der Freifläche. Die tigern sowieso kilometerweit rum. Gib ihnen eine Harke in die Hände und sie erledigen das nebenbei.«

»Du hast vielleicht eine Art Humor«, sagte Hilbert.

Subotnik sagte: »Der Jens hat ganz recht. Wenn der Park schon für alle da ist, dann müssen ihn auch alle in Schuss halten.«

Brandstätter nickte ihm wohlgefällig zu.

»Dann stellt einen Antrag«, meinte Hilbert. »Ich finde das albern.«

Er wandte sich wieder seiner Arbeit zu. Subotnik blinzelte Brandstätter zu, aber der blickte zu Halland und Wulf hinüber. Seine Miene veränderte sich, als sei er eifersüchtig, Halland und Wulf so einträchtig nebeneinander vor einem Kaninchenbau zu sehen. Brandstätter stieß einen verächtlichen Laut aus, nahm seine Harke fester in die Hand und ging zurück, dorthin, wo er aufgehört hatte zu harken.

Hilbert hatte eine »Felco 2« aus der Schürze gezogen und schnitt Blumen ab. Er band sie zu einem bunten Strauß, den er in das Gewächshaus des Chefgärtners trug. Dort nahm er die erstbeste Vase aus Glas und stellte den Strauß hinein. Er trug sie in den Betriebshof an den Platz, wo Halland gewöhnlich seine Mahlzeiten einnahm.

Als er zurückkam, sagte Subotnik nachdenklich: »Du hast schon recht. Wir haben es hier nicht schlecht. Und Halland ist kein übler Kerl. Wenn ich ehrlich bin, gefällt es mir im Bethmannpark richtig gut, auch wenn es nur ein Arbeitsplatz ist, an dem man sich strecken muss.«

»Na also, was tönst du dann rum!«

»Aber wir sind halt kleinkarierte Arschlöcher. Jeder hat seine Prägung. Wir sind keine Pflanzen, die es gut miteinander aushalten.«

»Auch Pflanzen kommen nicht immer gut miteinander aus. Das hab' ich hier gelernt. Man muss nur wissen, wer mit wem kann.«

»Mit Brandstätter kann ich. Mit Halland weniger.«

»Dein Problem. Nimm den Wulf. Der kann im Grunde mit keinem von uns. Aber er zeigt es nicht. Ich kann das schätzen. Das ist besser als die Typen, die immer nur Ärger suchen.«

»So wie ich?«

»Nein. Du bist keiner, der immer nur Ärger sucht. Bei Brandstätter bin ich mir nicht sicher. Aber gut, bisher hat er sich ordentlich gehalten.«

»Eigentlich ist es doch schön, ein Team zu sein, oder?«

»Jau!«

»Aber man muss auch wissen, wer der Stärkere ist. An den halt' ich mich.«

»Sei nicht zu schlau, Subotnik! Damit fällst du auf die Schnauze, glaub mir.«

»Mal sehen!«

Polizei hin oder her, dachte der Mann vom Grünflächenamt. Sie können die Tore öffnen, aber wir können sie auch wieder schließen. Auf jeden Fall ist jetzt eines angesagt: Wir bekämpfen diese Eichenprozessionsspinner. Und zwar mit Biogift. Das schadet keinem, nur den Raupen. Und das haben sie verdient.

Wir werden es in der Nacht tun, dachte der Mann weiter. Am nächsten Morgen riecht es vielleicht ein bisschen. Aber wenn die lieben Kleinen mit ihren Müttern in den Bethmannpark kommen, ist die Gefahr beseitigt. Und zwar restlos. Und alle werden uns hinterher auf die Schulter klopfen und sagen, das habt ihr gut gemacht.

Nur eine einsame Entscheidung treffen, das will natürlich niemand. Keiner will verantwortlich sein. Alle warten nur ab, was der andere tut und warten auf den ersten Fehler. Das Umweltdezernat wartet ab, das Umweltamt wartet ab, die Grüngürtelleute haben sowieso nichts zu sagen. Alle verstecken sich. Denn wenn es schiefgeht, wird man in der Luft zerrissen.

Natürlich muss ich das Risiko abwägen, dachte der Mann. Die richtige Mischung finden. Das Verhältnis von Gefahr und Abwehr ausrechnen. Und dann einfach die Initiative ergreifen. Nur keine Angst haben!

Was konnte schon schiefgehen?

Nun gut, nahm Horner am nächsten Morgen den Faden auf, den ihm Terttu auf dem Friedhof gelegt hatte, was waren diese Gärtnergehilfen für Gesellen? Jeder Einzelne. Man musste die Motive ergründen, die in ihrer Konkurrenz lagen. Denn auch in einem Team, das an einer gemeinsamen, schönen Aufgabe, einem Garten, arbeitet, gibt es persönliche Abgrenzungen, gibt es eine Vergangenheit, Neid und Feindschaft. Alle möglichen Gefühle. Gerade im Garten.

Garten ist Emotion, die Stadt Ratio.

Auch das war wieder so ein Satz, den ihm jemand untergeschoben hatte. Vielleicht die kluge Terttu. Vielleicht der Horner in ihm.

Ein schöner Tag. Horner hielt um Punkt acht Uhr am Parkeingang an, stellte das Fahrrad ab, ließ Wallander von der Leine. Der Hund schoss in den Park und war gleich darauf verschwunden.

Max Horner nahm sein Buch und ging seinen täglichen Weg. Vor dem Betriebshof stand ein Elektrokarren. Der Chefgärtner schien noch immer im Urlaub zu sein, sein Haus war geschlossen. Am Tisch der Schachspieler wartete bereits ein einzelner Mann auf seinen Partner und testete seine Turnieruhr. Horner hielt an der Douglasie an und probierte eine Prise ihres Duftes. Er blickte zu den Eichen hinüber, der Hain war noch immer abgesperrt. In den Baumkronen hatten sich komische Klumpen gebildet.

Horner stutzte. Dann dachte er, dass sich darum die Gärtner kümmern sollten. Von diesen war noch niemand zu sehen. Auch der Leiter des Teams nicht, Gerd Halland, der sonst am Morgen der Erste war und ihm kumpelhaft zuwinkte.

Horner durchquerte den Blumengarten, er strebte der weißen Mauer zu, hinter der das fernöstliche Paradies begann.

Das Mondtor im Bambusgärtchen, der geschwungene Torbogen mit der Inschrift, die er noch immer nicht entziffert hatte, schien ihm heute niedriger zu sein als sonst. Er zog den Kopf ein. Wahrscheinlich lag es daran, dass er sich hüftsteif fühlte.

Horner ging in den schweigenden Park hinein. Das Fest der Sinne hieß seinen ersten morgendlichen Besucher willkommen.

Dann sah er ihn. Halland.

Eine andere Art von Halland.

Horner blieb stehen. Er starrte ungläubig auf das Bild, das sich ihm bot.

Gerd Halland schwamm im jaspisgrünen Teich. Seerosen hatten sich in seinen Haaren verfangen. Er hielt ein Stück Pergament in der Linken, das knapp oberhalb der Wasserfläche lag. Auch sein Gesicht lag knapp über der Wasserfläche. Es war bleich. Aufgedunsen und bleich.

Max Horner sah sofort, dass Gerd Halland tot war.

Er griff instinktiv in die Tasche seines Blousons. Aber er hatte sein Handy nicht eingesteckt. Dann beschloss er, näher heranzugehen.

Kein Zweifel, Gerd Halland. Der Leiter der Hilfsgärtner, von denen Horner nur soviel wusste, dass sie eigentlich keine

Gärtner waren. Aber sie hielten den Park in Schuss, das musste man sagen. Obwohl er gesehen hatte, dass einer der Neuen lieber im Schatten der Pergola gedöst hatte, anstatt das Unkraut zu jäten.

Horner nahm sich zusammen. Das war doch jetzt völlig unwichtig!

Er betrat den Spiegelpavillon und danach die Jadegürtelbrücke, blieb in ihrer Mitte stehen und beugte sich über die Brüstung. Warum Gerd Halland?, dachte der alte Stöberhund. Warum nicht einer der anderen …

Das war nicht nebensächlich. Horner wusste, die ersten Gedanken und Eindrücke an einem Tatort waren die wichtigsten. Später erkannte man, ob sich daraus Spuren ergaben, die zur Lösung führten. Aber gut, es war eben Halland und niemand anderer.

Horner musste tief durchatmen. Gerd Halland, mit dem er nicht mehr als ein paar Sätze gewechselt hatte, der ihm aber vertraut vorgekommen war. Er war durchschaubar gewesen, ein sentimentaler, gerechter Typ, trotz seiner harten Tour. Jemand, der wohl eher gespielt hatte, hart zu sein.

Obwohl Horner sich gern noch eine Weile allein mit dem Toten beschäftigt hätte, hielt er es für seine Pflicht, die Mordkommission unverzüglich zu benachrichtigen. Er verließ den Chinesischen Garten und ging zum Betriebshof. Dort traf er zwei der Hilfsgärtner an, die gerade ihren Dienst antraten und in den Elektrokarren einstiegen.

Eine halbe Stunde später war der Bethmannpark abgesperrt.

Max Horner konnte sich kaum rühren. Er stand eingeklemmt von Männern der Frankfurter Spusi. Ihn hielt die Kripo aber glücklicherweise nicht für eine wichtige Spur, er konnte sich frei bewegen. Rein theoretisch. Horner hatte versucht, in die Ermittlungsarbeit der ehemaligen Kollegen einbezogen zu werden.

Aber das war ihm nicht gelungen. Jetzt war er zwar mittendrin, aber doch auch an den Rand gedrängt. Irgendwie.

Wo war überhaupt Wallander? Er sah ihn nicht. Kein Wunder bei dem Getümmel. Im schönsten Park Frankfurts war ein Toter gefunden worden! Vielleicht ermordet! Oder war es doch ein Unfall gewesen?

Horner hätte gern spekuliert, aber er besaß natürlich zu wenige Anhaltspunkte. So wie Horner diesen Gerd Halland und seine Kollegen zu Hallands Lebzeiten wahrgenommen hatte, ergab sich kein plausibles Tatmotiv. Das hieß aber auch, alles Mögliche konnte die Ursache dafür sein, dass im Teich des Chinesischen Gartens eine Leiche schwamm und eine Pergamentrolle in der Hand hielt.

Aber was auf diesem Pergament stand, das der Tote geradezu anklagend emporgereckt hatte, das hätte Horner doch zu gerne gewusst. Das war ein kleines Rätsel ganz nach seinem Geschmack. Er versuchte, noch einen Blick auf den Toten zu erhaschen, aber der wurde in diesem Moment in einen Zinksarg gelegt und zur Gerichtsmedizin abtransportiert.

Damit hätte für den Hauptkommissar a. D. Max Horner der Fall beendet sein können. Aber der Tatort war *sein* Park. Und in seinem Park durfte es keine Leiche ohne seine Genehmigung geben, da war er ganz Hausmeister. Das schien auch Wallanders Ansicht zu sein, der sich in diesem Moment durch die Herumstehenden schlängelte und sein Herrchen vorwurfsvoll anblickte.
»Ich kann auch nichts dafür«, sagte Horner, »es ist nun mal passiert.«

Machen wir, dass wir hier rauskommen, sagte Wallander.

Zumindest hatte Horner seinen Blick so verstanden.

»Sie wollen uns hier sowieso nicht«, sagte Horner und gab seinem Labrador ein Zeichen. Die Beamten hatten seine Personalien längst aufgenommen und gesagt, dass sie sich bei ihm melden würden, mit einem professionellen, misstrauischen Blick. Wartet nicht zu lange damit, hätte Horner sagen wollen, ich bin nicht mehr der Jüngste. Aber er unterließ diese alberne Bemerkung. Wenn er es genau bedachte, wollte er auch eher das Gegenteil. Die ermittelnden Behörden sollten sich von ihm fernhalten. Erstens wollte er auf eigene Faust ermitteln, wenn der Fall etwas hergab. Und zweitens hatte er genug eigene Quellen.

Horner ahnte schon jetzt, dass man die Umstände dieses Todes nur aufklären konnte, wenn man die Umstände des Tatortes, also des Parks, genau unter die Lupe nahm. Hatte nicht Terttu gesagt, der Mörder sei immer der Garten? Ein Satz zur richtigen Zeit.

Er wusste aus Erfahrung, dass die Frankfurter Kripo völlig anders tickte.

Sie setzte bei ihren Ermittlungen immer zuerst ganz oben an. Dort wo Verschwörungen, Bandenkämpfe, internationaler Drogenhandel, Geldwäsche, Kapitalverbrechen zu Hause waren. Selten in den kleinen Verhältnissen rund um das Opfer. Man war eben nicht in Klein-Krotzenburg am Main, sondern in Frankfurt am Main.

»Verschwinden wir«, sagte Max Horner. »Deine Aufenthaltserlaubnis in diesem Park läuft heute sowieso ab. Ich will Kalli Bender nicht verärgern.«

Wallander trabte voran.

Auf der Fahrt mit dem Fahrrad zurück nach Ginnheim überlegte Horner, was er bis jetzt wusste. Es war nicht viel. Aber es war mehr, als die Polizei hatte, denn er kannte den Tatort genau. Wenn die bornierten Jungs auf die Idee kämen, mich zu fragen, dachte er, dann wären sie schon einen Schritt weiter. Aber er wollte sich nicht aufdrängen.

Vielleicht, dachte er mit einem Anflug von Gehässigkeit, komme ich als Erster ins Ziel. Laufen wir einfach gleichzeitig los. Mal sehen.

Max Horner verspürte plötzlich keine Lust mehr, nach Hause zu fahren. Er wollte im Grünen bleiben. In einem Park. In einer bebenden, atmenden, grünen Hölle. Inmitten der Welt der Krabbelnden, der Wimmelnden, der Summenden, zwischen winzigen Wesen auf haarigen Beinen, die auf Ästen und Zweigen entlangstrichen und ihn ansahen. Horner merkte, wie sehr ihn der Tote inspirierte. Und natürlich der Schauplatz. So einen schönen Tod hatten wir schon lange nicht mehr, dachte er und rieb sich im Geiste die Hände. Und er verbot es sich keineswegs, so unmoralisch zu denken.

Er überlegte. Weil der Bethmannpark jetzt erstmal geschlossen blieb, kam für ihn an diesem Vormittag eigentlich nur der Palmengarten infrage.

Er lag in Bockenheim, auf dem Weg nach Hause. Also machte Horner kehrt, fuhr ein paar Schleifen und erreichte den Grüneburgweg. Dort fuhr er immer geradeaus, schließlich am Grüneburgpark vorbei – auch ein mögliches Ziel für Grübelnde, die in Ruhe gelassen werden wollten.

Wallander lief die ganze Fahrt über neben dem Fahrrad seines Herrchens her. Als Horner in die Siesmayerstraße einbog, verschärfte der Hund das Tempo. Ohne zurückzublicken, rannte er vorneweg. Horner verlor ihn aus den Augen, da nützte auch kein Rufen. Er sah das Tier mit dem Schwanz wedelnd am Eingang des Palmengartens stehen.

»Gewonnen«, gab Horner zu, als er vom Rad stieg.

Wallander nickte herablassend.

Horner parkte sein Fahrrad direkt neben dem Eingang zum Palmengarten, dort, wo schon mehrere Dutzend anderer standen.

Was haben wir, dachte Horner.

Wir haben ein Opfer mit bewegtem Hintergrund. Wir haben einen unbekannten Täter – vielleicht ist es tatsächlich der Garten. Wir haben ein Umfeld, in dem ein Gärtnerteam verwachsen war wie einheimische Pflanzen. Oder wie exotische Pflanzen? Immerhin lag der Tote im Chinesischen Garten zwischen Pavillons, Brücke und Seerosenteich, in einem Garten der fernöstlichen Partnerstadt Guangzhou. Nicht unwesentlich.

Was von diesen Fakten war wichtig, was nebensächlich? Auf den ersten Eindruck hin, den Horner exklusiv am Tatort erhalten hatte, sprach der Fundort der Leiche für eine Art Botschaft, die der Täter hinterlassen wollte.

Wenn es denn wirklich einen Täter gab und es sich also um einen Mord handelte.

Eine Botschaft?

Was für eine denn?

Horner rief von der Eingangshalle des Parks aus seinen ehemaligen Kollegen von der Frankfurter Kripo Julian Schleicher an. Sie sprachen über das, was am Morgen im Bethmannpark geschehen war. Schleicher war natürlich bereits damit befasst. Horner bestellte den ehemaligen Kollegen in den Palmengarten. Was kriege ich dafür?, fragte Schleicher. Meine Gesellschaft, sagte Horner. Schleicher versprach zu kommen, wenn die erste Pressekonferenz zum Tathergang beendet war.

Wallander musste an der Leine gehen. Horner beschloss, dieses Risiko einzugehen, auch wenn der Hund schon jetzt von Freiheitsberaubung sprach. Jedenfalls deutete Horner seinen Blick so. Er wollte in einem besonders schönen Winkel des Parks seinen Gedanken nachgehen, dort, wo sich eine originalgetreue Nachbildung des Kopfes von einer Götterstatue der Osterinseln befand.

Sie gingen gemeinsam durch das Drehkreuz und schlugen den Weg zur Liegewiese ein. Ein betörender Duft von den Rosenbeeten her empfing ihn. Man durfte die Wege verlassen, und Horner betrat die Wiesenlandschaft. Unterholz. Dann Rabatten und Arboreten. Dichte Gruppen exotischer Büsche. Haine von schneeweißen Himalaya-Birken wie aus Porzellan. In der Ferne grollte ein eingebildeter Mauna Kea, den der Pflanzenjäger Douglas zu umgehen versucht hatte und gescheitert war. Der Vulkan stieß fauchend Magma aus. Wallander bellte.

Max Horner erreichte seinen Bethmannpark-Ersatzplatz. Kein anderer Gartenbesucher machte ihm die Bank im Kiefernhain am Rand einer hügeligen Liegewiese streitig.

Dies war ein magischer Ort. Ein Ort für Besucher, die ihrer Fantasie freien Lauf lassen wollten.

Horner wartete auf das Eintreffen Schleichers. Müdigkeit überkam ihn. Seine Gedanken schweiften vom Geschehen im Bethmannpark ab.

Der Pflanzenjäger. Tausende von Kilometern auf Pflanzenjagd, die gute Gesellschaft im Genick, die Drohungen der *Royal Horticultural Society*, für die Gordon Douglas reiste, im Gedächtnis, das banale, grausige Ende. Im Moment seines Sterbens durch das Untier, das schien Max Horner offensichtlich, dort am Rand der Welt, musste der Pflanzenjäger die Sinnlosigkeit seiner Existenz empfunden haben. Vielleicht wie einen Blitz, vielleicht wie ein Flammenmeer, das ihn verschlang. Von der Erfahrung des allerletzten Momentes hatte zu Horners Kummer noch keiner schlüssig berichtet.

Wie sollte man sich ausreichend darauf vorbereiten, wenn es einen selbst traf?

Von seiner Bank aus hatte Horner einen Blick auf den Kopf von den Osterinseln. Die Statue aus grauem Basalt mit grüner Patina blickte arrogant und rätselhaft. Geschürzte, schmale Lippen, dunkle Augenhöhlen, aus denen Taubenkot wie weiße Tränen rann, eine lange, adlige Nase mit sorgfältig herausgearbeiteten Nasenlöchern.

Horner versuchte gar nicht erst, mit der Gestalt zu kommunizieren. Aber die Gegenwart dieses Abbildes einer jahrhundertealten, unversöhnlich wirkenden Gestalt aus einer fernen Welt bewirkte, dass Horner sich weniger wichtig fühlte. Der Ort verlieh seiner eigenen Existenz einen irgendwie herabgestuften, einen bescheidenen Sinn, und er versuchte, dieses Gefühl aufrechtzuerhalten. Bescheidenheit tut gut, dachte Horner und atmete auf. Es war nicht nutzlos, in Gegenwart von etwas Mächtigem zu verweilen.

Wo war Wallander?

Er saß hinter dem Artefakt und spähte jetzt seitlich davon zu ihm herüber.

Horner hatte sich seit einem Aufenthalt in einem Barockgarten bei Würzburg vor ein paar Jahren angewöhnt, den Tag in drei Etappen zu unterteilen. Er hielt eisern daran fest. Wenn am Mittag gegen eins seine Putzfrau kam – oder heute der Kriminalhauptmeister Julian Schleicher – würde er die nächste Etappe dieses weit geöffneten Tages erreichen. Dann kam gewöhnlich Philipp. Er würde seinem Enkel die neue Version des geflügelten Fabeltieres vorführen. Um fünf begann die dritte Etappe. Den Rest des Tages verbrachte er damit, das Drama zu vermeiden, das mit dem Weggehen Terttus zu tun hatte.

Ein weiterer Tag.

Ein weiterer Aufschub.

Max Horner brummelte etwas in sich hinein, ohne es zu merken. Er hätte es auch gar nicht hören wollen.

Er wurde schläfrig und ließ die erneut aufsteigenden Bilder aus dem Bethmannpark weiterhin liegen. Er sah stattdessen dem rastlosen Douglas zu, der auf der Jagd war. Das war weniger anstrengend.

Der rastlose Mann. Horner beschloss, ihn für diesen Morgen das letzte Mal durch die Ebenen des menschenleeren Landes und über die höchsten Gipfel der Blue Mountains zu schicken, auf der Suche nach der Pantherlilie, den Blutjohannisbeeren und dem Pinus ponderosa. *Der Wind peitschte durch die niedrigen, verkümmerten und abgestorbenen Bäume, begleitet vom erbarmungslosen Hagel. Meine armen Pferde konnten der Heftigkeit des Sturms nicht standhalten, ohne bei mir Schutz zu suchen, indem sie ihre Köpfe über mich beugten und wieherten.*

Die Zeit verging im Fluge. Wallander saß jetzt neben Horner auf der Bank und nickte von Zeit zu Zeit. Dann gähnte er. Dann schlief er zu Horners Füßen ein.

Horner merkte nicht, wie der Mittag heranschlurfte. Er erschrak, als sich der Kriminalhauptmeister neben ihn setzte.

»Das ist vielleicht ein Ding. Ein Toter im Bethmannpark. An einem der friedlichsten Orte, die es in Frankfurt gibt.«

»Mensch, Julian, kannst du nicht anklopfen! Man erschrickt ja zu Tode.«

»Entschuldige, ich bin fassungslos. Den ganzen Vormittag schon überlege ich mir, wie so was möglich ist.«

»Was ergab die Pressekonferenz?«

»Der PP hat nur die dürftigen Fakten referiert. Mehr kann er im Moment ja auch noch gar nicht. Wir wissen nicht mal, ob es Mord war oder ein Unfall.«

»Was sagt die Gerichtsmedizin?«

»Man nimmt sich noch Zeit. Du kennst ja deine Pappenheimer. Jedenfalls wissen wir schon, dass der Mann, dieser Gerd Halland, mitten in der Nacht ins Wasser gefallen ist. Zwischen zwei und fünf Uhr. Zur gleichen Zeit müssen sich diese Raupenprozessionen in Bewegung gesetzt haben.«

»Was für Raupen denn?«, wollte Horner irritiert wissen.

Kriminalhauptmeister Julian Schleicher von der Frankfurter Kripo, ein langer Kerl mit schlampigem Gang, der die richtige Karriere bisher vermeiden konnte, holte tief Luft. Dann berichtete er ausführlich. Als er endete, sagte Max Horner:

»Gibt es da einen Zusammenhang?«

»Nein, wohl nicht.«

»Dann konstruiere auch keinen, Julian!«

»Wieso nicht? Es könnte ja einen geben!«

»Bist du sicher?«

»Es könnte!«

»Donnerwetter! Und dass die Erde dann nicht bebt, das verstehe ich nicht. Das spricht nicht für die Schöpfung.«

»Vielleicht hat sie ja gebebt, und du hast es verschlafen.«

»Unsinn. Ich schlafe nie fest. Ich hätte es gemerkt.«

»Jedenfalls«, sagte Schleicher, »steht die Kripo Kopf. Der Soko, die sich gleich gebildet hat, gehören schon jetzt sage und schreibe zwanzig Kollegen an. Du weißt sicher, der Bethmannpark ist ein Prestigeobjekt. Die deutsch-chinesischen Beziehungen stehen auf dem Spiel. Alle modernen Fahndungsmittel sind schon jetzt ausgeschöpft.«

»Zu meiner Zeit –«

»Ich weiß schon, im letzten Jahrtausend hast du alles selber gemacht. Aber glaube mir, Max, in der modernen Zeit braucht die Polizei gewisse Hilfsmittel.«

»Unsinn. Alles Ausreden, um sich nicht auf seinen Instinkt und gesunden Menschenverstand verlassen zu müssen.«

»Da wir ja heute nicht Schach spielen, könntest du mir mal verraten, warum du deine Ex-Kollegen so negativ beurteilst.«

»Tue ich das?«

»Na dauernd.«

»Die Polizei beachtet nicht genügend den menschlichen Faktor. Moral. Emotionen. Man verfolgt Täter mit Computerprogrammen. Hier in den Gärten kannst du lernen, dass Gefühle das menschliche Leben bestimmen, nicht die Vernunft. Gefühle, verstehst du? Sieh dir die Pflanzen an und die Mordmotive werden sichtbar.«

»Nun übertreibe nicht. Fahndungsarbeit im Humus ist vielleicht dein Ding, aber die Polizei kann sich das nicht leisten. So viel Zeit wie ein Pensionär hat sie nicht.«

»Zu meiner Zeit habe ich auch ein paar Fälle gelöst, mein Guter.«

»Das bestreitet keiner. Aber deine eigenwilligen Methoden haben nicht immer zum Ziel geführt.«

»Wer sagt das! Sie führten immer zur Verhaftung der Täter!«

»Ich kenne die Akten.«

»Hör mal! …«

»Lass uns nicht streiten.«

»Wir müssen streiten, wenn du Blödsinn redest!«

»Wir sollten Schach spielen, dann kriegen wir keinen Ärger.«

Horner warf einen Blick in die Richtung der Götterstatue. Schleicher folgte seinem Blick. Wallander hatte an den lang heruntergezogenen Ohren geschnüffelt, war über die Schräge von Nase und Stirn des Kopfes hinaufgeklettert und saß nun wie ein Pickel auf dem kahlen Schädel der Figur.

»Die Einheimischen nennen die Osterinsel übrigens Rapa Nui«, erklärte Horner. »Aber der ältere, polynesische Name ist Te-Pito-o-te-Henua, das bedeutet: der Nabel der Welt. Seltsam, nicht?«

Schleicher sah misstrauisch zwischen der Statue und Horner hin und her.

»Was willst du mir damit sagen?«

»Warum nennen sie dieses kleine, gottverlassene Inselchen aus nichts als grünen Hügeln in einer der abgelegensten Zonen der Welt so?«

»Wahrscheinlich empfanden sie es eben so.«

»Genau. Und sieht diese Statue nicht auch so aus, als wolle sie uns gleich etwas ungeheuer Bedeutendes sagen? Das größte Geheimnis?«

»Unsinn.«

»Stelle dir die Osterinsel vor. Den Fundplatz. Von überall her sehen dich die riesigen Gestalten an, von jeder Felsstufe, aus jeder Höhle im Berg, wo die Kolosse wie auf dem Krankenbett liegen, leblos und hilflos. Und dann die Plätze, wo sie aufgerichtet stehen. Von den Tälern bis zu den Rändern der Vulkankrater hinauf und an der anderen Seite wieder runter, überall steinerne Köpfe, blicklose Blicke aus den Tiefen der Vergangenheit.« Horner vollführte jetzt entsprechende Gesten. »Nichts regt sich als die Wolken, die über ihnen dahinziehen. Die Luft schwirrt von Rätseln, man erstarrt unter dem stummen Blick von ein paar Hundert verschlossenen Gesichtern. Hochmütig, stolz, mit zusammengepressten Lippen, als wüssten sie, dass kein Meißel, keine Gewalt und Macht ihnen je wieder den Mund öffnen und sie zum Reden bringen wird.«

»Na weißt du …«.

»Schau dir die Gestalt da lange genug an. Sie schweigt natürlich, aber sie redet auf andere Weise. Ich wette, dieser Kopf kennt alle Geheimnisse. Vielleicht sogar das Geheimnis des toten Gärtners im Bethmannpark.«

»Du bist zu oft allein, Max.«

»Wie?«

»Du drehst gerade durch.«

»Nein. Ich bin klar im Kopf.«

»Diesen Eindruck habe ich aber nicht.«

»Schau hin!«

Julian Schleicher tat, was der Hauptkommissar a. D., der einmal sein Vorgesetzter gewesen war, von ihm verlangte.

Und allmählich machte sich in ihm ein seltsames Gefühl breit. Er wollte es abschütteln. Aber die Statue mit ihrem befremdlichen Gesicht übte tatsächlich eine Magie aus, der er sich nicht entziehen konnte. Schleicher glaubte plötzlich, Geräusche des Ozeans zu hören, Seewind zu riechen, blauen Himmel über Tempelplätzen zu sehen.

Ein Erpel aus dem nahen Teich latschte vorbei.

Und als Wallander, der noch immer frech auf dem Schädeldach saß, anhaltend zu heulen begann, zerriss das magische Gefühl endgültig.

Max Horner musste lachen.

Und dann stimmte auch der Kriminalhauptmeister mit ein.

Der Raum war niedrig, der Raum war heiß. Er war überfüllt. Kripobeamte, Mitarbeiter der Staatsanwaltschaft, die Leiter der Frankfurter Gartenämter, Angestellte des Umweltdezernats der Stadt und Medienvertreter drängten sich im Konferenzsaal des Polizeipräsidiums. Auffallend viele versuchten, aus den hohen

Fenstern zu blicken, wo sich viel Grün am Rande des ausufernden Parkplatzes befand.

In der Öffentlichkeit war schon lange gefordert worden, das Pilotprojekt im Bethmannpark zu stoppen. Es war nicht nur offensichtlich gescheitert, sondern in den Augen der Bürger auch ein Ärgernis. Pressevertreter versuchten zu suggerieren, im Namen der aufgebrachten Bevölkerung, die – zumindest im Geiste – an den geschlossenen sieben Toren zum Bethmannpark rüttelte, ihre Fragen zu formulieren. Der PP riet zu Besonnenheit. In erster Linie durften die Ermittlungen der Behörden nicht behindert werden.

»Haben Sie denn schon einen Tatverdacht, sogar einen Täterverdacht?«, fragte der Reporter des größten Boulevardblattes.

»Kein Kommentar«, erwiderte der PP.

In welche Richtung denn die Ermittlungen gingen. In alle Richtungen, es werde kein Hinweis übergangen, jeder Hypothese, und sei sie noch so abwegig, würde nachgegangen werden. »Wäre ja auch noch schöner«, rief ein Radiojournalist vom Hessischen Rundfunk. Jetzt täte Aufklärung not, welche Erkenntnisse die Stadt über den bisherigen Verlauf des Projektes Bethmannpark gewonnen habe, was läge denn da an Faziten vor. Lückenlose Darstellung, brutalstmögliche Ehrlichkeit versprach mit Nachdruck der Vertreter des Innenministeriums, dessen bisheriger Vorsitzender gerade ins Amt des Ministerpräsidenten abgewandert war. Der scheidende MP hatte eine Grußbotschaft geschickt. Ihr schafft das schon! So hatte er sich nicht ausgedrückt, aber es war der Sinn dieser Botschaft.

Der Staatsanwalt bat um Ruhe und erklärte die Rechtslage. Nur diese sei im Moment wichtig. Er erinnerte nur an die Hysterie im Fall des getöteten Bankierssohnes im Jahr 2002, als einem Verdächtigen Folter und Mord angedroht worden waren, um die Wahrheit zu erpressen. »Ja, wo sind wir denn alle hingekommen!«, rief der Staatsanwalt. Auf die Beantwortung dieser rhetorischen Frage legte niemand der Anwesenden wirklichen Wert. Stattdessen rechtfertigte sich der Umweltdezernent für eventuelle Fehler in der Personalpolitik. Und die Leiterin des Grünflächenamtes, eine diplomierte Landschaftsarchitektin mit Weitblick, räumte ein, das Pilotprojekt Bethmannpark sei aus der Not geboren worden, aus Personalnot nämlich. Und man hätte vielleicht …

Dann ergriff der PP das Wort. Er hatte sich ausführlich briefen lassen. Er referierte über den Mann, um den es eigentlich ging. Gerd Halland. Ein Mann mit Vergangenheit, gewiss. Mit einer fragwürdigen Vergangenheit sogar. Aber seit seiner Entlassung, übrigens sei er in einem Indizienprozess verurteilt worden, ohne eigentlichen Schuldbeweis, ohne Geständnis, ein tadelloser Charakter. Und sollte nicht jeder eine zweite Chance erhalten? Als Gärtner sei er jedenfalls einwandfrei gewesen, das habe auch der Chefgärtner bestätigt, der unverzüglich aus dem Urlaub auf der Insel Mallorca zurückgekehrt war. Kalli Bender hatte Halland das allerbeste Zeugnis ausgestellt. Schließlich hatte sich Bender entschieden für dessen Einstellung als Kapo eingesetzt.

»Wir erwarten noch während dieser Pressekonferenz«, rief der Staatsanwalt, »erste Ergebnisse der Forensik. Die Leiche wird in diesen Stunden obduziert, und dann werden die Erkenntnisse nur so sprudeln. Nicht mehr lange und wir wissen mehr über die Todesursache des Gerd Halland. Und wenn es kein Unfall oder Selbstmord war, können die Kollegen vom Dezernat für Schwerverbrechen unverzüglich gezielt an die Aufklärung gehen.«

Und die anderen Kerle im Bethmannpark? In diesem fragwürdigen Team von Knackis und Drogenfuzzis? Nun ja, die anderen, erwiderte zögernd der PP, blickte hilfesuchend zum Innenministerium und zur Staatsanwaltschaft, zum Umweltdezernat und zum Gartenamt hinüber, nun ja, die Hilfsgärtner würden natürlich pausenlos verhört, das verstehe sich ja von selbst. Was mit ihnen zu geschehen habe, nun, das könne er in diesem Moment noch nicht –

»Wir kommen nicht umhin«, unterbrach ihn der Umweltdezernent, »wir müssen unser Gartenprojekt Bethmannpark überprüfen. Der Park bleibt selbstverständlich erst einmal geschlossen.« Wie lange? Das hinge vom Tempo der Ermittlungen ab. Er warte auf ein Startsignal der Kripo, dann könne der Park auch wieder geöffnet werden. Aber zu erwarten, warf ein TV-Mensch ein, sei dann doch der Sensationstourismus in diesen kleinen, wunderschönen Park, dieses Juwel, das von der Sonne geküsst werde. »Wie meinen Sie das?«, wollte eine andere Journalistin von der schreibenden Zunft wissen. »Wenn wir jetzt auch noch ein erotisches Moment ins Spiel bringen, dann gerät doch alles aus den Fugen.« Er meine es so, wie er es gesagt habe, erklärte der TV-Mensch, manchmal müsse man eben auch in der Lage sein, metaphorisch zu sprechen.

»Jetzt seien Sie mal alle ganz still«, rief der Vertreter der Frankfurter Gartenämter ins Mikrofon, das man ihm als Einzigem in der Runde gewährt hatte, denn er hatte eine Fistelstimme, »jetzt seien Sie mal alle ganz, ganz still.« Denn die eigentliche Gefahr, die aus dem Bethmannpark drohe, über die sei noch gar nicht gesprochen worden. Eine Gefahr, die alles bedrohe. Und was sei inzwischen angedacht worden, um dieser Gefahr Herr zu werden!

»Sie sprechen vom Eichenprozessionsspinner?«, erkundigte sich der Chefgärtner Kalli Bender in seinem weichen Alt-Bornheimer Dialekt, der keine Lücken zwischen einzelnen Wörtern kannte.

»Aber Hallo!«, gab der Gartenamtler zurück, »wenn auch nicht im Singular, sondern leider im Plural, von *den* Eichenprozessionsspinnern.«

Nun, meldete sich der Staatsanwalt zu Wort, das Thema müsse hintanstehen. Es sei ohne Frage wichtig, aber im Moment eben nicht. Hier ginge es um den Fund einer Leiche im schönsten öffentlichen Park Frankfurts. Eine einzige Katastrophe! Irreparabel!

»Hier setzen wir an!«, erklärte der Vertreter des Innenministeriums und bat um Ruhe, indem er mit seinem Schreibgerät auf den Tisch klopfte. Darum wird es hier und heute ausschließlich gehen.

»Noch Fragen dazu?«

Max Horner bemerkte die Frau erst spät. Sie war leise neben ihn getreten. Wie ein Gespenst, leicht wie eine Feder, obwohl sie so schön und gegenwärtig war, so körperlich vorhanden.

Er hatte in den Park geblickt, sich die Nase plattgedrückt an den Gitterstäben. Er sah Gärtner mit ihren Geräten. Er sah die Absperrungen rund um den Chinesischen Garten. Sah die Männer der Spusi in ihren Schutzanzügen. Die Behörden wollten den Park in zwei Tagen wieder öffnen. Aber erst mussten alle Spuren gesichert werden.

Horner blickte über die Baumwiese, den Landschaftsgarten, den ehemaligen Wirtschaftsgarten, der jetzt eine Blumenoase war. Die Harmonie dieses Parks war trotz der Eingriffe durch die Spusi, die bei ihrer Aufklärungsarbeit eine fremde Symmetrie in die Natur legte, noch immer zu spüren. Am Eichenhain standen rotweiße Absperrgitter, die gerade auch in der Stadt überall auftauchten. Quer über einige Wiesen hatte man Palettenwege verlegt. Einige Blumenbeete waren eingezäunt. An der weißen Mauer des Chinesischen Gartens klebten rote Bänder. Weiher und Pavillon dahinter waren nur zu ahnen. Das, was diesen Park sonst auszeichnete, war im Augenblick gestört. Horner bemerkte es mit Verdruss.

Vielleicht wirkt dieser Park auf uns so beruhigend, dachte er, weil die Blicke sich ausruhen können. Sie können über die strahlenförmigen Wege spazieren, auf den Gehölzgruppen aus Bäumen und Sträuchern verweilen, die Einzelbäume bewundern, die wie Kunstwerke der Natur aufragen; sie können sich am satten Grün der Wiesen erfreuen und am bunten Strauß der Blumenbeete. Alles passt zueinander. Und selbst die Gebäude dieses Parks wirken wie Natur, das steinsichtige Oktogon auf dem Hügel, die Gewächshäuser mit dem Efeu, der Betriebshof unter Bäumen. Und vor allem das ehemalige Ariadneum, unter dessen ursprünglicher Glaskuppel die einstigen Besitzer des Parks ihre Gäste mit dem neuen Gebäck verwöhnt hatten, das später unter dem Namen *Bethmännchen* bekannt wurde. Eine Sensation aus vier Mandeln und Brentenmasse für die kunstbeflissene und genusssüchtige Frankfurter Gesellschaft des 19. Jahrhunderts.

Das Gebäck gab es noch heute. Die Familie Bethmann war jedoch nicht mehr Parkbesitzer. Die Stadt besaß den Park und führte ihn zum Wohl der Bevölkerung weiter.

Max Horner fühlte in diesem Moment das größte Bedauern darüber, dass es ihm verwehrt war, den Park zu betreten, um seinen Ruheplatz aufzusuchen. Das war ein Teil seines jetzigen Lebens geworden. Stattdessen nahm er die Frau in der Nähe wahr. Auch sie musste den augenblicklichen Zustand wohl bedauern, denn sie starrte sehnsüchtig in den Park hinein.

»Tja«, sagte Horner und blickte zu ihr hinüber. »Das dauert wohl mindestens noch einen Tag, bis der Park wieder aufgeschlossen wird.«

»Ja«, sagte die Frau.

Horner blickte geradeaus, dann wieder zur Seite. Die Blonde trug heute ein rotes Stirnband. Sie kam ihm noch schöner vor als vor zwei Tagen, als er sie zum ersten Mal im Park bemerkt hatte. Ihr weißes Leinenkleid mit dem feinen goldenen Gürtel umspielte ihren langgliedrigen Körper. Ihre Haut war leicht gebräunt, ein leuchtender Ton. Ihr Gesicht war nicht nur schön, sondern wirkte auch vertrauenerweckend, es besaß eine Art vernünftiger Schönheit, Horner konnte es nicht anders ausdrücken. Es war Schönheit, die nicht auftrumpfte.

»Ich komme jeden Tag hierher«, sagte Horner. »Heute allerdings ohne meinen Hund, der sich einen Dorn eingetreten hat.«

»Das tut mir leid«, sagte sie, irgendwie verloren.

Horner verspürte den Wunsch, dieser jungen Frau zur Seite zu stehen, aber das war natürlich albern. Er kannte sie nicht, wusste nichts von ihr, sie kam aus einer völlig anderen, ihm verschlossenen Welt. Wahrscheinlich aus einem der reichen Stadtteile Frankfurts, Dichterviertel, Malerviertel, Holzhausenviertel. Oder warum nicht gleich aus dem Hochtaunuskreis, dem reichsten Landkreis in Hessen.

»Mir tut es auch leid«, sagte Max Horner, »denn er ist ein guter Gesprächspartner, mit ihm kann man alles besprechen.«

»Oh«, sagte sie, »Sie meinen wohl, ich sei zu wortkarg?«

»Nein, nein!«, beeilte sich Horner. »Verzeihen Sie, wenn ich Sie belästige. Sie müssen auch gar nicht mit mir sprechen, das ist ja selbstverständlich. Ich spreche normalerweise keine jungen Frauen an, nicht, dass Sie etwas Falsches denken, aber …«

»Aber heute tun Sie es. Ist schon in Ordnung.«

»Heute habe ich das Gefühl, man darf die Dinge nicht einfach laufen lassen. Wissen Sie, was hier in diesem Park passiert ist?«

»Ich weiß es.«

»Es ist durch stumme Wut entstanden, egal, was die Polizei im Einzelnen herausfindet. Stumme, verbissene Wut, die sich entlud. Es hat sich etwas ereignet, das dieser schöne Park nicht verdient hat. Etwas Fremdes, was weiß ich. Wildwuchs. Verwilderung. Moderholz.«

»Sind Sie Gärtner?«

»Nein.«

»Sie reden wie ein Gärtner.«

»Ich bin – ich war Polizist.«

»Ach? Dann sind Sie natürlich besonders interessiert an dem Drama, das sich hier ereignet hat.«

»Ja. Ich kannte den Toten.«

»Tatsächlich?«

Sie kam näher. Nur zwei Schritte, aber Horner spürte, wie erregt sie war.

»Natürlich kannte ich ihn nicht richtig gut. Nicht wie einen Freund oder ein Familienmitglied. Wir sprachen nur manchmal miteinander über den Park. Er wusste sehr viel.«

»Glauben Sie, es war ein Unfall?«

»Ich bemühe mich gerade, die Angelegenheit zu verstehen«, sagte Horner. »Ich grübele schon den ganzen Morgen darüber nach. Aber zu einem Urteil bin ich noch nicht gekommen.«

»Ich kann nur beten, dass es ein Unfall war«, sagte die junge Frau.

»Warum denn?«

»Nun ja – dann hätte es weniger Gewalt gegeben, dann wäre es eben nur eine Art Panne gewesen, oder so etwas wie ausgleichende Gerechtigkeit. Verstehen Sie?«

»Mm. Das Team der Gärtner ist ins Zwielicht geraten. Es handelt sich ja um ein Projekt zur Resozialisierung. Da ist die Öffentlichkeit schnell dabei, mit Vorurteilen um sich zu schmeißen.«

Die junge Frau schien nachzudenken. Sie wollte reden, das merkte Horner. Aber sie schwieg. Dann seufzte sie.

»Ich muss jetzt gehen«, sagte sie. »Es bringt nichts, hier herumzustehen.«

»Ich grübele noch ein bisschen«, sagte Horner, betont munter. »Mal sehen, was mir noch alles so einfällt.«

»Auf Wiedersehen«, sagte sie.

Horner deutete eine kleine Verbeugung an. Dann ging sie.

Max Horner sah ihr nicht nach, obwohl er nichts lieber getan hätte. Er hätte gern gesehen, wie sie ging, wie ihr Körper sich beim Gehen bewegte. Aber er blieb stocksteif stehen und blickte wieder durch das Gitter des Eingangstores.

Im Hintergrund sah er jetzt alle vier Gärtner. Darunter auch den jungen, er hieß wohl Wulf. Offenbar hatte die Polizei in den Verhören genug erfahren, und offenbar gab es gegen die Männer keine ausreichenden Verdachtsmomente, die einen Gewahrsam gerechtfertigt hätten.

Dann war es doch ein Unfall, dachte Horner.

Aber irgendwie wollte ihm diese Vorstellung nicht gefallen. Ein Mann wie dieser Gerd Halland, ein Bär im Vollbesitz seiner Kräfte, der fällt nicht einfach ins Wasser. Und ertrinkt.

Es sei denn, er wäre mit Drogen vollgepumpt gewesen. Oder mit sonst was.

Horner nahm sich vor, mehr über den Toten zu erfahren. Er musste seine Drähte nutzen, um sich ein Bild von Gerd Halland und auch von den anderen Hilfsgärtnern zu machen.

Vor allem auch von dem ganz Neuen. Dem, der erst vor ein paar Tagen im Team angefangen hatte. Horner sah ihn mit den anderen zusammen an den Teppichbeeten stehen. Von außen gesehen das Bild einer engen Gemeinschaft. Aber stimmte das?

Jede Gemeinschaft ist gefährdet, dachte Horner gleichzeitig. Wir entstammen der wilden Natur. Wir schaffen uns Gärten und Parks, in denen die Natur gezähmt ist. Und darin ergehen wir uns – wir mit unserer inneren, ungezähmten Natur, mit der Wildnis unserer Gefühle in unserem Inneren, mit dem moralischen Wildwuchs in uns. Deshalb sind Gärten und Parks unser Spiegelbild. Deshalb gehe ich so gern darin spazieren. Eine andere Frage ist – woher kommt das alles? Wir wollen es doch nicht! Wer hat es uns eingepflanzt?

Horner war sich bewusst, dass solche Fragen einen anderen Bereich berührten. Er seufzte. Gib dich für heute zufrieden, dachte er.

Jens Brandstätter wusste, dass der junge Wulf Hildebrandt ihn nicht leiden konnte. Der schweigsame Junge schwitzte seine Abneigung ja geradezu heraus. Heute schien er besonders unleidlich zu sein. Und noch bleicher als sonst – wenn das überhaupt möglich war. Er sprach kein einziges Wort. Und er würdigte niemanden eines direkten Blickes.

Der Chefgärtner Kalli Bender war vorzeitig aus dem Urlaub zurück, es herrschte eine gedrückte Stimmung. Bender hatte angeordnet, dass alle zum Dienst anzutreten hatten, wenn die Polizei mit ihnen fertig war.

Wulf Hildebrandt musste geradezu gezwungen werden, weiterzuarbeiten. Aber wenn er jetzt grundlos ausstieg, machte Bender ihm klar, würde ihn sein Bewährungshelfer ohne Verzug in die Entziehungsanstalt einweisen. Auch der vorbestrafte Brandstätter konnte es sich nicht erlauben, vom Dienst wegzubleiben. Subotnik und Hilbert schienen ohnehin vom Tod ihres Kapos nicht sonderlich beeindruckt zu sein. Zumindest zeigten sie es nicht. In ihrem Leben hatten Gefühle wie Trauer, Schuld oder Reue wohl noch nie eine große Rolle gespielt. Sie waren wie kleine Tiere, die unaufhörlich im Unterholz nach Nahrung suchten.

»Es ist eine Katastrophe, ich kann es nicht fassen«, sagte Kalli Bender. »Wenn wenigstens geklärt werden könnte, wie Gerd starb, diese Ungewissheit macht mich krank.«

Wulf ließ einen Laut hören, der wie ein Schluchzen klang.

»Wir können froh sein«, sagte Subotnik heiser, »wenn wir weitermachen dürfen und nicht in Haft sitzen. Wenn die Bullen schlechte Laune haben, sperren sie uns alle ein.«

»Es ist ja klar«, sagte Brandstätter, »wir werden jetzt jede Sekunde von der Polizei angeglotzt. Wir sind alle verdächtig, dürfen uns nichts erlauben. Kein Streit. Wir müssen alles normal regeln. Ich schlage vor, ich geb' jetzt die Einsätze, und wir machen alles ganz geräuschlos.«

»Nach dem Tod des Kapos gibt hier niemand Einsatzbefehle außer mir«, sagte der braun gebrannte Chefgärtner Kalli Bender und rückte seinen Sonnenhut aus der Stirn. »Wir treffen uns alle zwei Stunden im Betriebshof, und ich lege dann fest, was als Nächstes zu tun ist.«

»Wir können jetzt sogar viel mehr voranbringen«, meinte Subotnik und kickte einen Kiesel vom Weg. »Jetzt, wo – die Besucher nicht da sind.«

»Und was machen wir mit den Raupennestern?«, wollte Hilbert wissen.

»Davon lassen wir komplett die Finger«, erklärte Bender. »Darum kümmern sich die Behörden. Der Alarmzustand scheint wieder einmal abgeblasen zu sein. Wenn es für uns was zu tun gibt in der Angelegenheit, kriegen wir den Einsatzbefehl.«

»Was ist mit mir?«, wollte Brandstätter wissen. »Ich möchte nicht dumm rumstehen, das sieht ja nicht gut aus. Was soll ich machen?«

»In erster Linie nicht auffallen, Kollege«, sagte Bender. »Sonst könnte die Polizei noch auf dumme Gedanken kommen.«

»Sag' ich ja«, knurrte Brandstätter.

»Du hältst dich einfach an die beiden anderen«, erklärte Bender. »Sie zeigen dir schon, was du tun kannst.«

»Langeweile kriegen wir jedenfalls nicht«, wusste Subotnik.

»Ihr könnt euch mal mit den Bäumen rund um die Liegewiese beschäftigen«, schlug Bender vor. »Ich habe gesehen, dass Hängebuchen und Trauerweiden im Bereich ihrer Traufhöhe nachgeschnitten werden könnten. Die Koniferen brauchen insgesamt mehr Luft am Boden, also Wurzelerde lockern, die rotlaubigen Gehölze brauchen dringend Schnitt. Rasen mähen ist auch angesagt.«

»Das müssen wir nicht zu dritt machen«, warf Hilbert ein.

»Na dann kümmere du dich um die Teppichbeete, mir ist Unkraut an den Rändern aufgefallen. Hier, direkt vor uns, zum Beispiel. Schau dir auch die Felsen an, ob sie gesäubert werden müssen. Und die Schmuckelemente könnten einen Scheuergang gebrauchen, vor allem die Vasen, aber auch die Statuen. Ich befürchte außerdem, die Strahler der Fontänen könnten bald verstopfen. Mach sie sauber. Vielleicht musst du auch runter in den Elkenbach, er könnte an den falschen Stellen verdreckt sein.«

»Können wir nicht zusammenbleiben?«, sagte Wulf. »Ich meine, alles zusammen machen?«

»Wieso denn das, hast du Schiss, Kleiner?« Brandstätter lachte.

»Gerd ist tot!«, schrie Wulf plötzlich.

»Ich weiß«, sagte Brandstätter. »Er ist für uns alle gestorben. Du hast das Flennen nicht gepachtet.«

»Hört sofort auf!«, befahl Bender. »Gerd Halland ist noch nicht mal begraben und ihr streitet schon. Brandstätter hat ganz recht, wir müssen die Nerven behalten. Wir können uns nichts erlauben. Ich muss ab heute jeden Tag zum Polizeipräsidium und ein Protokoll über unsere Tätigkeit vorlegen – minutiös! Ich will keinen Mist schreiben müssen.«

»Wenn die Polizei wieder weg ist – gehört der Bethmannpark dann wieder uns?« Wulf blickte Bender ängstlich an.

»Natürlich. Es ist unser Arbeitsplatz«, beruhigte der Chefgärtner.

»Einer muss die Dreckarbeit für die feinen Bürger ja machen«, sagte Brandstätter mit hässlichem Tonfall.

»Ach, ist doch egal, was man tut«, meinte Hilbert mit einer wegwerfenden Handbewegung. »Hauptsache, man ist in Freiheit. Der Park braucht uns jedenfalls, soviel steht fest.«

»Der wartet auf uns wie eine Geliebte«, ergänzte Subotnik ironisch.

»Deshalb machen wir jetzt mal einen kleinen Rundgang, wie Wulf vorgeschlagen hat«, entschied Bender. »Das sieht für die Öffentlichkeit gut aus.«

»Wo ist hier Öffentlichkeit?«, wollte Brandstätter wissen. »Der Park ist geschlossen.«

»Na, dann schau mal zu den Häusern rüber«, schlug Bender vor.

»Tatsächlich!«, entfuhr es Brandstätter.

Auf allen Balkonen standen und saßen Anwohner, die herübersahen. Einer rief etwas.

»Es kann uns also nur nützen, wenn wir ein bisschen Teamgeist trainieren«, befand Bender.

»Mir ist alles recht«, sagte Hilbert. »Aber in den Chinesischen Garten kriegt mich keiner.«

Die fünf so unterschiedlichen Männer setzten sich in Bewegung. Sie umrundeten den Bethmannpark vom Betriebshof aus, zuerst an den Außenmauern entlang. Bender beobachtete aufmerksam und gab seine Anweisungen. Erst jetzt, wo die Besucher fehlten, sah man, wie groß und schön der Park angelegt war. Nichts störte den Blick, der die langen Achsen entlangstreifen konnte.

Aber die Besucher fehlten dem Park tatsächlich. Sie gaben ihm erst seinen Sinn. Darüber dachten die Hilfsgärtner sicher nicht nach. Aber Bender dachte, dass Gärten dazu da waren, den Menschen zu erfreuen, und er sah, dass sein Garten Pflege brauchte. Eigentlich Fachkräfte. Aber nun gut, es musste auch mit diesen hier gehen. Mit diesen ungeschliffenen Spaten.

Sie gingen weiter, blieben stehen, Bender gab Arbeitsaufträge. Brandstätter hielt sich zurück.

»Vielleicht sollten wir hier wieder Spargel anpflanzen, wie das früher der Fall war«, überlegte Bender. »Oder Weinstöcke. Aber das ist mit noch mehr Arbeit verbunden. Und dann bräuchten wir auch jemanden, der das verkauft.«

»Das könnten wir doch machen«, schlug Hilbert vor. »Und der Gewinn fließt in unsere Gemeinschaftskasse. Das fände ich toll!«

»Noch mehr Arbeit?«, maulte Subotnik. »Das packen wir nicht.«

Und Brandstätter meinte: »Die Besucher machen doch einen Aufstand, wenn noch mehr Fläche ihres ach so tollen Blumengartens abgezweigt wird.«

Da hat er sogar mal recht, fand Bender.

Ihm fiel bei jedem Schritt auf, dass Wulf vermied, in die Nähe Brandstätters zu kommen. Das war kein Wunder, denn die beiden waren unterschiedlich wie Tag und Nacht. Wie sollte das auf die Dauer gut gehen!

Bender versuchte während des Rundganges, das tragische Geschehen um Gerd Halland in seinem Inneren zu verdrängen. Es gelang ihm nicht wirklich.

Aber während er die notwendigen Arbeiten erklärte, hatte er doch das Gefühl, im Sinne Hallands vorzugehen. Der Kapo war mit Leib und Seele Teil dieses Gartens geworden. Ein leidenschaftlicher Gärtner. Es würde ihm gefallen zu sehen, wie seine zurückgelassenen Kollegen sich um seine Geliebte, den Bethmannpark, kümmerten.

Max Horner hatte den Chefgärtner geradezu angefleht, ihm seine Einschätzung der Lage zu geben. Bender hatte nach kurzer Überlegung zugestimmt, Horner am nächsten Morgen zu empfangen. Auch wenn der Park bis dahin noch nicht geöffnet war, wollte er Horner einlassen, den er wegen seiner Integrität und seines Humors schätzte. Solche Menschen konnte er im Moment gut um sich gebrauchen.

Der nächste Morgen kam. Horner stand Punkt acht am Eingang. Die Polizei hatte zwar ihre Spurensuche offiziell beendet, den Tatort ausgewertet, den Park aber noch immer nicht für die Öffentlichkeit freigegeben.

Horner klingelte. Bender kam aus einem der Bungalows und raufte sich die Haare.

»Irgendwas ist hier los!«, rief der Chefgärtner und Pflanzendoktor schon von Weitem. »An welchen Baum man auch hinfasst, man hat das Gefühl, es säße Schmiere am Stamm. Man kann sich selbst gar nicht mehr berühren. Meine Haare sind schmierig wie die eines Toreros.«

»Sie glänzen auch so«, sagte Horner sarkastisch.

»Das meine ich ja«, gab Bender verzweifelt zurück. »Aber jetzt kommen Sie erstmal rein.«

»Haben Sie überhaupt Zeit für mich?«

»Ja, ja, die Gärtner haben ihre Anweisungen erhalten. Sie stören uns nicht und arbeiten samstags sowieso nur bis zum Mittag. Und Laufkundschaft ist nicht da, um deren malade Gewächse ich mich kümmern müsste.«

»Ich habe gestern Abend bei der Kripo angerufen«, berichtete Horner. »Sie haben noch immer keine genauen Anhaltspunkte für den Tathergang. Die Forensiker widersprechen sich in den Kernpunkten.«

»Aha.«

»Aber heute wollen sie endgültige Ergebnisse vorlegen.«

»Trinken wir einen Kaffee – oder wollen Sie lieber draußen bleiben?«, sagte Bender freundlich.

»Gehen wir herum«, meinte Horner. »Ich sitze sowieso viel zu oft, das bekommt alten Leuten nicht.«

»Es tut mir leid, dass ich Ihren Hund ab jetzt aussperren muss. Wo ist er jetzt?«

»Der hat sich auf den Niddawiesen einen Dorn eingetreten. Es eiterte. Jetzt trägt er einen Riesenverband und muss liegen.«

»Sehen wir uns mal im Chinesischen Garten um«, schlug Bender vor. »Ich zeige Ihnen den Tatort. Ach so – Sie waren es ja, der den Toten gefunden hat!«

»Leider«, sagte Horner betrübt. »Aber Sie müssen keine Rücksicht nehmen, es ist nicht der erste Tote in meiner Laufbahn.«

»Die Kripo will Sie wohl nicht dabei haben, was?«

»Ich bin a. D., und als ich es noch nicht war, da hielten sie mich für unbequem.«

»Also will man Sie draußen halten.«

»Aber eigentlich können sie auf die Spürnase eines alten Stöberhundes nicht verzichten. Und wenn doch, ist es mir auch egal. Ich schnüffele auf meinen eigenen Geruchsspuren.«

Bender deutete ein amüsiertes Lachen an.

Die flirrenden Bänder der Polizei störten im Chinesischen Garten seltsamerweise nicht, sie wirkten vor den fernöstlichen Architekturen wie Festschmuck. Horner und Bender betraten die Brücke am Teich. Dort hatte Horner den Toten entdeckt. Die Seerosen, die seinen Kopf umrankt hatten, waren jetzt komplett aus dem Wasser gefischt, der Teich ausgebaggert worden. Offenbar vermutete die Kripo abgesunkene Beweisstücke auf dem Grund.

»Hat man was Interessantes gefunden?«, wollte Horner wissen und beugte sich über das Brückengeländer.

»Mir verraten sie noch viel weniger«, meinte Bender. »Ich kriege es nur als Resultat präsentiert, wenn man uns damit anschnauzen kann.«

»Uns?«

»Die Gärtner. Sie können sich ja vorstellen, dass im Moment jeder tatverdächtig ist.«

»Solange man von einem Unfall ausgeht, ist das für die Gärtner nicht gravierend.«

»Aber was, wenn sich herausstellt ... Ich will gar nicht darüber nachdenken. Waren Sie schon mal in Guangzhou?«

»Frankfurts Partnerstadt? Nein.«

»Ich war da, im Anhang des Referats für Internationale Angelegenheiten. Unsere Leiterin durfte als Gastgeschenk ein Klettergerüst in Form des Römers aufstellen. Die Chinesen waren begeistert.«

»Kann man das glauben?«

»Na, jedenfalls ist Guangzhou eine tolle Stadt. Vor allem der Stadtteil Yuexiu, der allein schon eine Million Einwohner hat. Eine völlig grüne Stadt, können Sie sich das vorstellen? Ein Park neben dem anderen. Toll. Ein Teil dieser grünen Stadt ist Partnerbezirk des Frankfurter Nordends geworden. Sie wissen ja, der Bethmannpark liegt noch im Nordend, aber an der Grenze zu Bornheim. Durch die Nordend-Yuexiu-Achse kann der Chinesische Garten hier überhaupt finanziert werden.«

»Ich weiß«, sagte Horner und starrte weiter auf den Grund des Teiches, »Frankfurt ist pleite.«

»Pleite nicht«, erwiderte Bender. »Sie können ja ihre täglichen zwei Millionen Euro Kreditzinsen abdrücken. Aber wenn sie Geld ausgeben, dann für zwei Dinge nicht – für Kultur und für Gärten.«

»So schlimm ist es wohl nicht«, meinte Horner. »Aber warum erzählen Sie mir das mit diesem Bezirk Yuexiu?«

»Sie haben die Pavillons gespendet und gebaut. Sie haben auf eine Inschrift bestanden. Sie lautet: Ein friedlicher Platz zum

Ausruhen – In der Stille findet man die Kraft zu neuem Denken. Diese Worte standen auch auf dem Pergament, das der tote Gerd Halland in der Hand hielt.«

»Ist das so?«

»Natürlich hat die Kripo genau da eingehakt. Gestern waren Chinesen hier, heute Nachmittag hat sich erneut eine chinesische Delegation aus Guangzhou angesagt, mit Wirtschaftsleuten, Abgeordneten der grünen Stadt und Kommunalpolitikern. Der Römer wird vollzählig vertreten sein. Die Angelegenheit zieht also größere Kreise. Man kann nur hoffen, dass nicht ein Politikum daraus wird, mit den bekannten wirtschaftlichen Folgen, dann nämlich können wir den Bethmannpark vergessen.«

»Haben Sie ein Handy?«

»Ja. Warum?«

»Können Sie es mir einen Moment leihen – für ein kurzes Stadtgespräch.«

»Sie haben keines, was?«

»Doch, leider, aber im Moment nicht dabei.«

»Ich hätte Sie für einen dieser Kostverächter gehalten, die ihre Ruhe haben wollen.«

»Bin ich auch. Ich will nicht überall erreichbar sein. Und ich will keiner dieser Menschen sein, die mit dem Ausdruck von Kühen, die mit halboffenem Maul widerkäuen, durch die Straßen pilgern. Aber andrerseits rufe ich gern Leute an.«

»Hier«, sagte Bender.

»Hallo Julian? Max Horner. Gibt es schon was Neues im Fall Halland? Aha. Um eins also! Ich melde mich.«

»Und?«, fragte Bender.

»Um eins gibt es die nächste Pressekonferenz. In vier Stunden also. Die Forensiker haben versprochen, sich dann endgültig zu äußern.«

»Sie haben doch sicher andere Möglichkeiten, an Informationen zu kommen.«

»Ich könnte schon meine Drähte spielen lassen, da haben Sie recht, aber ich will nicht angeben. Außerdem ist der Mittag früh genug für eine wahrscheinlich deprimierende Wahrheit.«

»Sie glauben also ...?«

»Ich glaube gar nichts. – Zeigen Sie mir die Inschrift in der Pagode, oder sagt man Wasserpavillon?«

»Kommen Sie.«

Horner ging in dem zu allen Seiten hin offenen Pavillon des geläuterten Herzens herum und ließ sich von Bender alles erklären. Er sah die Inschrift, fremd und schön wie ein Rätsel an der Wand. Horner fuhr mit den Fingern darüber. Chinesische Inschriften waren zurzeit überall zu sehen. Die Menschen liebten es, Kleider, Bilder, Haut damit zu schmücken, es galt als cool und weltläufig. Man musste nur aufpassen, dass man nicht danebengriff, denn man konnte ja nicht lesen, was ein Tattoo-Künstler einem eingravierte.

Horner hatte jüngst von einem Lebensmittelhändler gehört, der mit dem Slogan warb: Noch besser und minderwertiger. Er wollte eigentlich sagen, dass seine Ware jetzt besser und dennoch billiger sei. So kann man patzen, dachte Horner. Oder nehmen wir den Kerl aus dem Gallus, der sich von einem Maskenbildner auf böser Bube hatte trimmen wollen – und hinterher stand auf seinem Hals: Ente süßsauer.

»Woran denken Sie?«, fragte Bender den schweigsamen Hauptkommissar a. D.

»An kross gebratene Ente«, erwiderte Horner.

»Bei der Hitze denken Sie ans Essen?«, wunderte sich der Pflanzendoktor. »Wir haben September und die Glut nimmt kein Ende, Regen ist überhaupt nicht in Sicht. Den Gewächsen tut das gar nicht gut. Appetit habe ich überhaupt nicht mehr.«

Horner wollte das Thema nicht vertiefen. Er hatte genug gesehen und verließ den Wasserpavillon. Bender folgte ihm.

Horner drehte sich zu ihm um und sagte nachdenklich: »Dieser Gerd Halland – er hielt also ein Pergament mit dieser

Inschrift in der Hand. Aber davon mal abgesehen, hatte er nicht ein Tattoo auf dem Arm?«

»Ich glaube schon«, erwiderte Bender. »Irgendeinen Vers aus einem chinesischen Liebesgedicht.«

»Können Sie mir diesen Vers besorgen?«, bat Horner.

»Ich glaube nicht«, überlegte Bender. »Hier spricht keiner chinesisch.«

»Auch gut. Ich werde selbst nachfragen. Wahrscheinlich steht das alles auch schon in der Zeitung. Ich habe heute Morgen noch keine gelesen. Das ist doch ein gefundenes Fressen für die Boulevardpresse.«

»Was wollen Sie noch sehen? Ich müsste dann bald wieder …«

»Verstehe. Ich weiß es selbst nicht genau. Wenn ich allein herum gehen dürfte …?«

»Das geht leider nicht. Die Kripo dreht mir den Hals um.«

Horner blickte um sich, als könne er irgendein Tatmotiv in der Landschaft dieses betörenden Gartens entdecken, wenigstens einen Hinweis. Aber der Bambus rauschte nur in der Morgenbrise und die Blumen dufteten stumm.

»Noch ein paar Minuten, Bender«, bat Horner. »Ich kriege manchmal auf ungewöhnlichen Wegen meine Inspirationen. Natürlich liegt der Grund für den – Unfall nicht darin, dass wir hier einen Chinesischen Garten haben. Auch nicht darin, dass wir drumherum einen deutschen Garten haben. Obwohl meine verstorbene Frau dem vielleicht widersprechen würde. Ich denke aber …«

»Was würde denn Ihre verstorbene Frau sagen?«

»Sie sagt: der Garten ist immer der Mörder.«

»Ach so? Also nicht der Gärtner?«

»Der Garten. Aber über Mord will ich ja gar nicht nachdenken. Mir fällt etwas anderes ein.«

»Gehen wir währenddessen in Richtung meines Betriebshofes?«

»Klar.«

»Was ist übrigens mit den Nestern da oben in den Eichen?«, wollte Horner wissen und deutete beim Gehen in die Kronen der mächtigen Bäume.

»Das Gartenamt und das Umweltamt haben uns streng untersagt, uns damit zu beschäftigen«, erwiderte Bender. »Also sehe ich diese Nester überhaupt nicht.«

»Aha«, sagte Horner und blickte Bender misstrauisch an.

»Ich bin ja nur der Chefgärtner hier«, sagte Bender. »Wenn ich könnte, wie ich wollte, würde ich sofort an diese Dinger rangehen, das glauben Sie mir bitte, denn ich sehe da was ziemlich Schlimmes auf uns zukommen. Aber wie gesagt …«

»Interessant«, meinte Horner nachdenklich. »Manchmal bringen solche Wahrnehmungen einen auf etwas. Ich zum Beispiel komme auf Gedanken, wenn Dinge unsichtbar bleiben. Wenn sie mir vor der Nase herumtanzen, erkenne ich oft gar nichts.«

»Ist das für einen Polizisten nicht etwas merkwürdig?«

»Jeder hat seine eigene Methode.«

»Ich verstehe, was Sie meinen«, überlegte Bender, während sie den Betriebshof anstrebten. »Wenn ich sehe, wie der Bethmannpark heute aussieht, erkenne ich darin, wie er entstanden ist, wie er einmal gewesen ist, ich sehe die Folie.«

»Bravo«, sagte Horner. »Und ich sehe plötzlich, wie Gerd Halland im Teich schwimmt. Und dann ist die Leiche verschwunden. Und der leere Fleck, den sie hinterlässt, der spricht eine sehr laute Sprache. Und dieses dämliche Tattoo auf seinem Arm spricht auch.«

»Eine Sprache, die Sie verstehen?«

»Ich bemühe mich.«

»Beeindruckend.«

»Schweigen, leere Flecken, ein Ding, das durch ein anderes im Vordergrund unsichtbar gemacht wird, das sind manchmal lautstarke Sachen. Und wenn es spricht, dann ist das eine Fremdsprache, die ich lernen muss.«

Sie hatten den Betriebshof erreicht.

Bender sagte: »Das geht mir manchmal ähnlich. Ich kenne alte Bilder des Parks, Gemälde und Fotos. Drüben stand mal ein Landhaus, es spiegelte sich im Wasser des Weihers. Oder es gab Fischotternkäfige am Teichrand. Jetzt ist beides verschwunden, aber jedes Mal, wenn ich rüberschaue, sehe ich dieses Bild, als wolle es mir etwas erzählen.«

»Genau, das meine ich«, sagte Horner begeistert. »Das Verschwundene ist oft das Wichtigere, es ist oft auch das eigentlich Sichtbare – es ist komisch. Vielleicht erscheint das nur alten Leuten so.«

»Das glaube ich nicht«, überlegte Bender, »denn jetzt, wo wir drüber reden, fällt mir was anderes ein. An der Grenze zum Mauerweg, direkt hier vor uns, stand ab 1852 eine wunderschöne Orangerie. Verschwunden, aber ich kenne sie besser als die jetzigen Gebäude. Ist das nicht seltsam?«

»Es ist nicht seltsam, es sagt etwas über Sie und Ihren Blick aus.«

»Oder nehmen Sie die beiden Löwen aus rotem Sandstein, die früher in der Nähe des Ariadneums standen – jetzt übrigens im Palmengarten –«

»Die kenne ich.«

»– da ist jetzt eine Lücke, aber ich sehe die Skulpturen, als stünden sie noch immer da, gerade, weil sie nicht mehr da sind. Ich sehe das Verschwundene«.

»Eine schöne Begabung, Bender!«

»Oder sehen Sie da rüber. Wo jetzt die Blumenbeete sind, befand sich im 19. Jahrhundert ein Wirtschaftsgarten, den die Gärtner der Familie Bethmann besonders pflegten. Auf 6.500 Quadratmetern Fläche Äpfel, Steinobst, Pfirsiche und Walnüsse – und insgesamt 87 Sorten Birnen! Was sagt uns das über den heutigen Zustand?«

»Erstaunlich. Es sagt uns etwas über effizientes, heutiges Zweckdenken.«

»Eben.«

»Und für Sie als alten Bethmann-Hasen ist das sichtbar und lebendig.«

»Ich sage ja, lebendiger als das Gegenwärtige.«

»Sie haben mir sehr geholfen, Kalli Bender«, sagte Horner.

»Tatsächlich? Das freut mich. Wenn der Park wieder geöffnet ist, trinken wir mal ein Gläschen. Und Sie erzählen mir was, zum Beispiel von Ihren Pflanzenjägern!«

»Die sind auch sehr, sehr lebendig«, erklärte Horner. »Lebendiger als mancher Lebende.«

»Bis bald also!«

»Auf jeden Fall!«, sagte Horner.

Das Wasser sprang jeden Tag und jede Nacht. Alles war in Bewegung. Vernunft und Verstand bringen einen um, dachte Max Horner. Aber Gänge von Garten zu Garten können die Gefühle retten. Man fühlt, wie sehr man mit dem Leben verbunden ist. Darauf kommt es an.

Horner wunderte sich nicht über solche Gedanken. Im Moment musste er sich mit dem Anblick der Obst- und Gemüseplantagen von Oberrad begnügen, an denen die S-Bahn im großen Bogen vorbeifuhr. Ausgedehnte Felder, lange Reihen von Spalieren, Beeten, Feldern, Gärtner mit Schirmmützen oder Kopftüchern, die in Gewächshäusern ein- und ausgingen. Das wohl gehütete Areal, an dem die Zutaten für die »Grüne Soße« gezüchtet wurden, das Leibgericht Goethes und aller Frankfurter.

Max Horner war auf eine Idee gekommen. Die Bemerkungen Kalli Benders hatten ihn seltsam berührt. Sie hatten in ihm ein Tor aufgestoßen. Er hatte von Julian Schleicher erfahren, wo die Hilfsgärtner wohnten. Zunächst Marco Hilbert und Horst Subotnik, die beide keinen Telefonanschluss besaßen, in Offenbach. Die vier Hilfsgärtner hätten kostenlos im Gästehaus des

Parks an der Friedberger Anlage wohnen können, hatten das aber abgelehnt. Sie wollten nicht kontrolliert werden, hatte Subotnik es begründet, lieber bezahlten sie Miete.

Horner musste mit ihnen sprechen. Er wusste aus langer Erfahrung, dass in einem solchen Gespräch alles wichtig sein konnte. Vor allem das, was nicht gesagt wurde. Das Schweigen. Die Leerstelle. Das Unsichtbare.

Auch wenn er mit den beiden nur über Gärten reden würde, wäre das Gespräch nicht umsonst.

Bei allen früheren Ermittlungstätigkeiten hatten Max Horner Gärten geholfen. Ohne Plan betrat er sie, und wenn er Glück hatte, dann sprachen sie zu ihm. Irgendeine Erkenntnis war immer hängengeblieben.

Während die S-Bahn den Rand der Oberräder Gärten erreichte und eine Rechtskurve vollzog, die zum Tunnel Kaiserlei führte, erinnerte er sich eines Falles, der ihn auf eine harte Probe gestellt hatte. Ein erfolgreicher Polizist, untadelig und beliebt, dem er Drogenhandel nachweisen konnte. Dadurch abgelenkt, war er erst sehr spät darauf gekommen, dass der Beamte zwei Mädchen missbraucht und getötet hatte.

Die Bahn erreichte Offenbach. Horner stieg am Marktplatz aus.

Jenseits der Treppen, die nach oben führten, umfing ihn das Gewühl des Stadtzentrums. Er betrat eine Poststelle und blätterte im Telefonbuch. Er fand beide Einträge sofort. Natürlich hätte er Anschriften und Telefonnummern auch im Internet herausfinden können, aber Horner war aus dem vorigen Jahrtausend. Er musste etwas in der Hand haben, es fühlen.

Mit den Notizen in der Hand suchte er eine Telefonzelle auf. Er rief beide Hilfsgärtner an. Beide meldeten sich. Mit beiden vereinbarte er Treffen. Subotnik konnte er sofort aufsuchen, Hilbert am Abend. Na also, dachte er.

Dann rief er noch einmal Julian Schleicher an.

Es gab etwas Neues.

Im Körper Gerd Hallands war Schädlingsgift gefunden worden, eine hochdosierte Menge Wasserstoffperoxid.

»Was ist das?«, wollte Horner wissen.

Schleicher erklärte: »Es handelt sich um eine chemische Substanz aus Wasserstoff und Sauerstoff, die in konzentrierter Form bei Kontakt hochtoxisch wird. Sie zerstört die Gewebezellen von Schädlingen, kann aber auch das Immunsystem von Menschen angreifen. In menschlichen Organen wirkt es ätzend und verheerend.«

»Wird es nicht auch zum Haarfärben verwendet?«, erinnerte sich Horner.

»Auch das. Es ist ein Wahnsinnsstoff. Der Bombardierkäfer nutzt ihn zur Herstellung einer wirksamen Verteidigungswaffe.«

»Das ist beruhigend«, meinte Horner. »Was hat das Zeugs im Körper von Halland angestellt?«

»Einzelheiten kann nur der Arzt referieren«, erklärte Schleicher. »Es tötete ihn jedenfalls. Als er ins Wasser fiel, muss er schon tot gewesen sein, er ist nicht ertrunken, das sagen die Mediziner. Die Säure hat Speiseröhre und Magentrakt verätzt und ist hochkonzentriert in der Milz des Toten lokalisiert worden.«

»Und was schließt die Kripo daraus?«, fragte Horner.

»Es ändert nicht viel. Es kann immer noch ein Unfall sein. Oder Selbstmord.«

»Was denkst du selbst?«

»Kein Gärtner verschluckt sich an Schädlingsvernichter«, sagte Schleicher sybillinisch. »Die Frage ist aber, wie kommt ein solcher Stoff in den Bethmannpark? Dort darf ausdrücklich nur mit abbaubaren Biogiften gearbeitet werden. Und das auch nur nach strengsten Auflagen, wegen der Kinder.«

»Also war es Mord«, konstatierte Horner.

»Wenn du mich schon fragst …«

»Ich könnte mich entschließen, das ähnlich zu sehen.«

»Und wo schnüffelst du gerade herum?«, wollte Schleicher wissen.

»Ich bin auf dem Sprung. Ich treffe zwei Mordverdächtige«, sagte Horner.

»Was? Mach langsam, Max! Du bist a. D.! – Und ich habe dir gar nichts gesagt, verstanden!«

Horner hatte bereits aufgelegt.

Jens Brandstätter trug seinen Trauerflor wie der Kapitän einer Fußballmannschaft seine Binde. Er krempelte sie von Zeit zu Zeit am linken Arm empor. Und das musste er oft tun, denn er arbeitete wie ein Berserker. Es war seine Art, mit den Geschehnissen umzugehen. Wenn Kalli Bender ihn an diesem Samstag beobachtete, dachte er, Brandstätter wolle Hallands Wegfall vergessen machen. Zumindest was das Arbeitspensum betraf.

Brandstätter hatte tatsächlich ähnliche Beweggründe, aber anders, als Bender annahm. Er fühlte sich betäubt, des festen Bodens beraubt, er strampelte, um ans rettende Ufer zu kommen. Eine andere Art, um von sich abzulenken, kannte er nicht.

Jens Brandstätter griff sich seine Schubkarre. Er schob sie so schnell über die Wege, als sei er in einem Wettbewerb. Woher kommt eigentlich das Wort »Paradies«?, dachte er. Auf Garten reimt sich das jedenfalls nicht. Auf Park auch nicht. Es ist eine einzige Schinderei. Aber was hab ich sonst? Bei genauer Betrachtung gar nichts.

Und ist das nicht grotesk? Wenn die den Park jetzt dichtmachen wollen, dann verlier' ich auch noch das Letzte.

Das darf niemals geschehen!

Boden beachten, hatte Bender gesagt. Der hatte leicht reden. Als Gärtner flog ihm alles zu.

Für ihn dagegen war alles buchstäblich Neuland. Er musste jeden Stein umdrehen, um zu sehen, was darunter war. Und weil er sich dabei alle erdenkliche Mühe gab, würde er jetzt auch nicht klein beigeben. Jetzt, wo Gerd Halland weg war, brauchte dieser Park eine neue Führung. Jemand, der die anderen Kerle an die Hand nahm. Das war Bender nicht. Der konnte andere Sachen, zugegeben. Der wusste alles über Gewächse. Der konnte auch mit Besuchern schwätzen. Aber Leute führen, da versagte er. Dafür war er da, Jens Brandstätter. Das war seine Chance.

Er häufte abgeschnittene Zweige, Blätter und Blumenstiele in die Schubkarre. Er schwitzte schon lange. Das war völlig egal. Dann schob er die Karre in Richtung der großen Komposthaufen am Rand des Betriebshofs. Zum Glück war er heute allein, die anderen Hilfsgärtner hatten frei. So konnte er tun und lassen, was er wollte.

Zum Beispiel die drei gelbroten Kanister mit dem Schädlingsvernichter besser tarnen. Er hatte sich zwar Mühe gegeben, sie zu verstecken, denn sie konnten ja als Beweismittel gelten. Aber plötzlich waren ihm Zweifel gekommen. Am besten, er stellte sie in die Ecke der angebauten Gewächshäuser, dorthin, wo das ausrangierte Werkzeug lag, die defekten Terrakottakübel und die zusammengeklappten Paravents, daneben gestapelte Planen, die erst im Winter zum Einsatz kommen würden. Solange Halland da gewesen war, konnte er die Kanister sowieso nicht verwenden. Und solange Bender da war, auch nicht. Von Wulf Hildebrandt ganz zu schweigen. Aber der war plötzlich völlig daneben. Handlungsunfähig. Verstummt.

Irgendwann musste er das Schädlingsgift wieder loswerden.

Als Brandstätter an Benders Gartenhaus, das an die Gewächshäuser angebaut war, vorbeikam, hörte er ihn telefonieren. Wie jeden Tag beriet er die Leute. Jetzt nur am Telefon, solange der Park geschlossen war.

»Dann rufen Sie am besten die Giftberatung beim Giftinformationszentrum für Hessen und Rheinland-Pfalz an. Verlangen Sie den Herrn Hillmann. Ja, ganz recht.«

Brandstätter entsorgte seine Ladung. Er hatte Mühe, die klebrigen Rückstände in die Behälter zu schütten, am Schluss musste er kräftig kratzen. Als er den Rückweg antrat, hörte er Bender noch immer telefonieren.

»Der Kürbis ist botanisch gesehen eine riesige Beere, die ein paar hundert Kilo schwer werden kann«, sagte er gerade und machte zwei Schritte in Richtung Brandstätters.

Na wenn schon, dachte Brandstätter und beschleunigte seinen Schritt. Er musste noch zweimal den gleichen Weg einschlagen, wenn er die abgeschnittenen Berge von Grüngut transportieren wollte. Erst dann wollte er Mittagspause machen.

Am Gewächshaus stand Bender jetzt in der Eingangspforte, er zog die lange Telefonschnur hinter sich her. Brandstätter nickte ihm kurz zu. Bender zeigte keine Reaktion. Er sagte ins Telefon:

»Der Düngerbedarf bei Tomaten ist hoch, der Kalibedarf noch höher. Auf den Wasserbedarf achten. Bei über 40 Grad im Gewächshaus ist die Pflanze nicht in der Lage, ihren Wasserbedarf zu decken. Neben der Krautfäule tritt häufig Blütenfall oder das Durchwachsen von Blütenständen auf, außerdem Grünkragen an den Früchten und die Blütenendfäule. Alle diese Erscheinungen zeigen Ihnen an, das der Haushalt in Unordnung ist.«

Wenn ich mir all das nur merken könnte, dachte Jens Brandstätter. Wahrscheinlich kann ich es nicht, weil es mich nicht wirklich interessiert. Es geht mir am –

»Brandstätter!«

Bender hatte gerufen.

Jens drehte sich um. »Was ist?«

»Komm doch mal rein. Wir haben was zu bereden.«

Brandstätter brummte nur. Er kippte den Karren aus und schob ihn zum Gewächshaus.

»Ja?«

»Setz dich.«

»Ich steh' lieber.«

»Sie überlegen sich, ob sie unseren Park dichtmachen«, sagte Bender bekümmert.

»So? Weshalb denn?«

»Du weißt, weshalb. Wegen Gerd natürlich. Die Öffentlichkeit will keinen Park, in dem es eine Leiche gegeben hat. Schon gar nicht will sie dafür Geld ausgeben.«

»Was heißt das, dichtmachen! Man kann diesen schönen Park nicht einfach schließen. Was will man dann damit anfangen?«

»Das weiß ich nicht. Aber du, und auch Hilbert, Hildebrandt und Subotnik, ihr müsst euch mit dem Gedanken anfreunden, dass man euch nicht mehr braucht.«

»Und Sie bleiben hier, was?«

Bender nickte. »Ich bin der einzige fest Angestellte hier. Sie stellen sich vor, dass ich allein zurechtkomme.«

»Das soll wohl ein Witz sein. Bei all dem, was hier zu tun ist?«

»Wie auch immer. Ich wollte dir das gesagt haben. Es kann sehr schnell gehen. Innerhalb einer Woche kann hier alles für euch zu Ende sein.«

»Scheiße«, sagte Brandstätter mit versperrtem Gesicht.

»Ja«, nickte Bender. »Es tut mir leid für euch Jungs. Aber ich muss den Beschluss durchsetzen – wenn er denn kommt.«

»Ich glaube nicht, dass die Jungs damit einverstanden sind«, sagte Brandstätter.

Bender kniff die Augen zusammen. »Wie meinst du das?«

»Wie ich es sage. Sie werden nicht einfach so gehen wollen. Sie werden etwas dagegen haben.«

»Wenn sie müssen, wenn der Beschluss vorliegt, dann gehen sie schon. Das ist ganz einfach.«

»Lassen wir es auf uns zukommen, Bender«, sagte Brandstätter mit unwirschem Unterton.

»Du brütest doch wohl nichts aus? Mach keinen Fehler, Brandstätter«, sagte Bender. »Du kennst deine Situation. Verbau dir nichts.«

»Gerd Halland ist tot«, sagte Brandstätter. »Ich seh' mich jetzt hier als Kapo.«

»Brandstätter«, sagte Bender und trat nahe an ihn heran. »Sieh dich als das, was du bist. Ein Hilfsgärtner auf Abruf.«

»Und ich hab' nicht die Absicht, den Schwanz einzuziehen«, fuhr Brandstätter fort, als habe Bender nichts gesagt.

Kalli Bender blickte ihn starr an. Er versuchte, in Brandstätters Gedanken zu lesen. Er sah in Gestrüpp.

»Übrigens«, fragte er schließlich. »Was hast du in der Nacht gemacht, als Gerd starb?«

»Sind Sie irre, Bender? Das haben mich die Bullen schon gefragt, und auch die anderen Kollegen. Ich hab' ein Alibi. Aber das brauch' ich Ihnen nicht zu sagen. Wenn es nicht so wär', hätt' ich jetzt Gitter vor der Nase.«

»Schon gut«, wiegelte Bender ab. »War nur eine Frage. Reine Neugier.«

»Ja, aber was für eine!«, bellte Brandstätter. »Ich lass' mir nicht gern so plump kommen!«

»Wir sind alle verdächtig«, sagte Bender ruhig. »Ich vielleicht nicht. Denn ich saß zum Zeitpunkt der Tat – des Geschehens – noch auf Mallorca. Aber jeder andere kann an Gerds Tod Mitschuld tragen, das ist doch klar.«

»Hat Sie jemand auf Mallorca gesehen, Bender?«

Der Chefgärtner lachte nur.

»Es kann nur ein Unfall gewesen sein«, sagte Brandstätter ärgerlich. »Daran ist keiner schuld außer Gerd selber. Er hat einfach nicht aufgepasst.«

»Die Obduktion hat ergeben, dass Gerd Wasserstoffperoxid in den Organen hatte«, sagte Bender kalt. »Wie kommt das Teufelszeug in seine Milz? Diese Frage hat mir die Kripo heute Morgen gestellt. Kannst du sie beantworten?«

»Nein. Natürlich nicht. Ich bin kein verdammter Gerichtsmediziner.«

»Wir haben hier kein anorganisches Gift, und doch lag Gerd Halland in unserem Teich.«

»Er kann es überall geschluckt haben«, murrte Brandstätter, »muss ja nicht im Park gewesen sein.«

»Na gut. Ich habe dir gesagt, was ich sagen wollte. Jetzt mach mal weiter. Schaff so viel du kannst. Wenn der Park geschlossen wird, dann –«

»Der Park wird nicht geschlossen«, sagte Brandstätter fest. »Dafür sorg' ich schon.«

»Geh jetzt besser«, sagte Bender. »Und mach von mir aus Feierabend, wann du willst. Anders kann man es dir ja wohl nicht recht machen.«

Jens Brandstätter stiefelte hinaus und schnappte sich die Schubkarre. Der Chefgärtner sah ihn die Wege hinuntergehen.

Kalli Bender wollte gerade die Tür des Gewächshauses schließen, da kam ihm ein Mann entgegen. Ein Fremder. Er fuchtelte mit den Armen.

»Hallo!«, sagte Bender. »Der Park ist geschlossen. Was tun Sie hier?«

»Die Pforte ist nur angelehnt«, erwiderte der Mann und schnaufte schwer. »Ich habe eine Reklamation. Sie haben mir neulich geraten, mein Gartenobst in einer Obstbaumschule einzukaufen.«

»Ja, und?«

»Sie haben mir nicht gesagt, das zertifizierte Obstbaumschulen dreimal so teuer sind wie normale.«

Bender seufzte. »Ich habe Montag, Mittwoch und Freitag von 10 bis 12 Uhr Sprechstunde.«

»Die Reklamation habe ich aber jetzt.«

»Wenn Sie mit meinem Rat nicht zufrieden sind«, sagte der Pflanzendoktor, »dann empfehle ich einen Anruf bei den Kollegen vom Gartentelefon.«

»Was ist denn das?«

»Es wird von der Hessischen Gartenakademie unterhalten. Sie können anrufen und bekommen jeden gärtnerischen Rat. Vielleicht besseren als von mir.«

»Geben Sie mir bitte die Nummer.«

»Ich habe sie nicht im Kopf. Moment, ich hole sie.«

Er verschwand im Gewächshaus. Als er zurückkam, schwenkte er einen Schreibblock. »01805-729972. Montags bis freitags von 9 bis 11 Uhr, mittwochs von 14 bis 16 Uhr. Vierzehn Cent pro Minute bei Anruf aus dem Festnetz der Telekom.«

»Kann ich den Zettel haben?«

Kalli Bender riss die Seite vom Block.

Der Mann verschwand.

»Hoffe, Ihnen gedient zu haben«, sagte der Pflanzendoktor und verdrehte den Blick zum bewölkten Himmel.

Beunruhigt nahm er wahr, dass Jens Brandstätter nirgendwo zu sehen war. Ich muss ihn im Auge behalten, dachte Bender, er ist wie eine Windböe, die plötzlich in die Büsche fährt.

Er ging zur Eingangspforte und schloss sie, dann blieb er eine Weile stehen.

Seine Blicke suchten immer wieder den Chinesischen Garten ab, wohin Brandstätter verschwunden war. Nach einer Weile gab er es auf. Aber er war sich plötzlich nicht mehr sicher, ob er es wagen konnte, Jens Brandstätter allein im Park zu lassen. Er beschloss, noch eine Weile zu bleiben.

Auf dem Rückweg in die Frankfurter Innenstadt fasste Max Horner zusammen, was Subotnik und Hilbert ihm erzählt hatten. Es waren ungehobelte Gesellen, aber jeder auf seine Art nicht unsympathisch. Sie versuchten einfach, auf die Füße zu kommen. Horner verspürte stärker als zuvor den Wunsch, sich mit der Akte Halland zu beschäftigen. Denn was die beiden Hilfsgärtner ihm – auch gegen ihren Willen – anvertraut hatten, war, wie abhängig sie vom ersten Tag an von Gerd Halland gewesen waren. Subotnik ging damit anders um als Hilbert, der seinen Chef verehrt hatte. Horst Subotnik hatte wohl nie gelernt, großzügig über Menschen zu denken. Selbst jetzt noch, wo Halland tot war, sprach er von ihm wie von einer Autorität, gegen die er sich wehren musste.

Ob er sich klarmache, dass darin ein Tatmotiv läge, hatte Horner ihn gefragt. Subotnik hatte ihn feindselig angesehen und gesagt, er brauche ihm gar nichts zu erzählen, und wenn er der Kripo stecke, dass Horner in einem akuten Fall herumschnüffele, bekäme er reichlich Schwierigkeiten. Denn er sei ja wohl a. D., und es könne Verdunkelungsgefahr bestehen, er könne ja Spuren verwischen.

Ein Wichtigtuer, der strampelt, weil er sich immer noch im Knast wähnt, dachte Horner und stieg an der Konstablerwache aus, um die Konrad-Adenauer-Straße hinunterzugehen. Auch heute war es heiß, die Sonne strahlte und kein Lüftchen regte sich. Vom Straßenpflaster stiegen heiße Wellen auf, noch verstärkt durch die Motoren von Autokolonnen, die auf dem Weg zur Friedberger Landstraße an ihm vorbeifuhren. So atmete Horner auf, als er endlich den Bethmannpark erreichte. Die grüne Lunge, den Hort sauberer, duftender Luft.

Kalli Bender, der sich wohl nach seinem Urlaub verpflichtet fühlte, Überstunden zu machen, ließ ihn ein und übergab ihm ohne Bedenken den Schnellhefter mit den Unterlagen über Halland. Im Sinne des Datenschutzes war das nicht, aber es würde unter den beiden Männern bleiben.

Als sich Horner soeben in den hintersten Winkel des ausgebauten Gewächshauses zurückziehen wollte, wo sich Bender hinter den beiden rechtwinklig angebauten, flacheren Glashäusern eine private Ecke mit Liege, Tisch und Stühlen eingerichtet hatte, trat Jens Brandstätter ein.

Horner begegnete dem Mann zum ersten Mal aus nächster Nähe. Und er spürte sofort die negative Kraft, die von Brandstätter ausging. Der Mann war geladen. Horner glaubte zu spüren, wie sich die Härchen auf seinen Unterarmen aufrichteten.

Brandstätter nickte ihm nur kurz zu. Er ließ sich von Bender erklären, wie er den Boden für Fetthenne und Alpenveilchen vorzubereiten hatte, die in ein Beet mit Seggengras gepflanzt werden sollten. Bender blickte auf seine Armbanduhr, erläuterte es ihm seufzend und ging schließlich mit Brandstätter nach draußen. Brandstätter warf Horner noch einen misstrauischen Blick zu.

Horner wunderte sich, dass Brandstätter am Samstagabend noch arbeitete. Ein Workaholic, dachte er, wahrscheinlich hat er nichts anderes.

Horner vertiefte sich in die Akte Halland. Viele Seiten Beschreibung und Analyse, polizeiliche Zeugnisse, ein psychiatrisches Gutachten aus der Anstalt in Schwalmstadt, in der er eingesessen hatte. Das Profil eines Außenseiters, der allzu auffällig versucht hatte, nicht zu sein wie die anderen. Lehrer und Befürworter waren nicht zu erkennen. Ein immer wieder hoffnungsvolles, aber letztlich verkorkstes Leben. Mit einem tragischen Schlusspunkt.

Bedauernswert, dieser Gerd Halland, dachte Horner, aber er hatte es lange genug selbst in der Hand gehabt. Und an den großen Wendepunkten in seinem Leben hatte er sich regelmäßig falsch verhalten.

Horner hütete sich jedoch, voreilige Schlüsse zu ziehen. Jedes Leben war komplizierter als eine Akte aussagte. Zumal es bei Halland einen dunklen Punkt gegeben hatte, der nicht aufgeklärt worden war. Im Jahr 2005 musste es einen tiefen Riss in seinem Leben gegeben haben. Was war damals geschehen? Alles, was die Unterlagen über ihn aussagten, stellte nur nacktes Verhalten dar, die Chronologie der Abläufe, nicht die Motive, nicht die emotionale Seite. Nicht das, was ein Leben wirklich ausmacht.

Horner wartete nach der Lektüre, bis Bender zurückkam. Der Chefgärtner zog die Handschuhe aus und warf sie auf eine Ablage.

»Dieser Brandstätter ist willig«, sagte er, »aber komplett ungeeignet. Er arbeitet zwar wie ein Wilder, will den Park gar nicht mehr verlassen, aber ich weiß nicht, wie es mit ihm weitergehen soll.«

Horner schwieg und beobachtete den Gärtner. Bender war zum ersten Mal nervös. Er bewegte sich, als hielte ihn etwas Zähes am Boden fest, plötzlich machte er aber beinahe tänzerische Bewegungen. Wie jemand, der mehrere Dinge gleichzeitig tun will.

Kalli Bender ließ sich schließlich in einen Gartenstuhl fallen.

»Waren die Unterlagen hilfreich?«

»Vielen Dank, dass ich sie einsehen durfte«, nickte Horner. »Was ist im Jahr 2005 geschehen?«

»2005?«, wiederholte Bender. »Mit Halland?«

»Ja.«

»Keine Ahnung. Vielleicht hat es mit dieser Frau zu tun. Christine Perleth heißt sie. Die Frau, der wir letztlich die Pavillons zu verdanken haben, für die sie sich bei den Chinesen und auch bei der Stadt stark gemacht hat.«

»Wer ist diese Frau?«

»Sie können sie nachher kennen lernen. Zumindest von Weitem. Sie hat durchgesetzt, dass sie nachher eine kleine, private Trauerfeier abhalten kann.«

»Ach!«

»Sie wird eine Rede auf Halland halten. Die Vertreter der chinesischen Gesandtschaft werden dabei sein.«

»Wie ist das möglich? Der Bethmannpark ist ein abgesperrter Tatort.«

»Daran können Sie ermessen, mein Lieber, welchen Einfluss Frau Perleth hat. Die Stadt hat zugestimmt, und die Polizei steuerte eine Ausnahmeregelung bei.«

»Sie sagten nachher? Wann genau?«

»Gegen acht.«

Horner sah auf seine Armbanduhr.

»Darf ich zuhören?«

»Aber höchstens sehr diskret. Es scheint was Heikles dabei im Spiel zu sein. Und Sie wissen ja, der Park ist im Moment für die Öffentlichkeit …«

»Ich weiß. Ich wäre Ihnen dankbar, wenn ich nicht nur zuhören dürfte, sondern auch bis zu dieser Trauerfeier im Park bleiben kann.«

Bender seufzte. »Sie sind zäh, Herr Horner.«

»Kann man a. D. anders zu Informationen kommen?«

Bender blickte ebenfalls auf die Uhr.

»Bleiben Sie in der Nähe des Gewächshauses. Ich kann es nicht riskieren, dass Sie jemand in der Nähe des Tatortes sieht.«

»Und Brandstätter?«

»Der wird kaum was dagegen haben.«

Horner nickte. »Ich bin Ihnen dankbar.«

Während Bender seinen Arbeiten nachging, trat Horner in den Eingangsbereich des Gewächshauses und blickte über den verlassenen Park.

Seine Verlassenheit besaß etwas Anklagendes und Schweres. Die Schönheit des Parks schien vergeudet. Verlassene Schönheit, musste Horner denken, macht uns die Vergänglichkeit umso deutlicher. Die Heiterkeit, die gerade den Bethmannpark auszeichnete, war gänzlich verflogen.

Pünktlich um zwanzig Uhr, bevor die Dunkelheit anbrach, fuhren vor dem Eingang in der Mauerstraße einige Karossen vor. Horner erkannte die Frau sofort wieder. In seinem Kopf wirbelten die Gedanken. Er blickte der kleinen Gruppe in dunklen Anzügen nach, in deren Mitte die blonde Frau strahlte.

Horner vergewisserte sich, dass Bender nicht in der Nähe war. Er wollte natürlich näher heran an das Geschehen, aber den Chefgärtner nicht verärgern. Dann sah er Brandstätter. Er stand unbeweglich, halbverdeckt von Buschwerk, stützte sich auf eine Harke und blickte mit versteinertem Gesicht hinüber. Horner wollte zwar keinen Zeugen, musste ihn aber in Kauf nehmen. Er wollte unbedingt hören, was Christine Perleth sagen würde.

Horner lief, auf Tarnung durch das Buschwerk achtend, in Richtung des exotischen Parks. Einen Stich im Kreuz ignorierte er. Auf dem Weg dorthin überfiel ihn plötzlich der Gedanke, ob Brandstätter irgendetwas mit dieser Christine Perleth zu tun haben könnte. Er stand noch immer im Buschwerk und beobachtete die Gruppe. Jetzt duckte er sich, streckte den Kopf vor.

Verzichtete Brandstätter etwa nur deshalb auf seinen wohlverdienten Feierabend, um in ihrer Nähe zu sein?

Nein, dachte Horner, Unsinn. Was sollte eine Frau wie diese mit einem Mann wie Jens Brandstätter zu tun haben. Die trennten Welten.

Horner stellte sich so an eine der Fensteröffnungen in der Mauer zum Chinesischen Garten, dass er weder von Brandstätter noch von der Gruppe drinnen gesehen werden konnte.

Er sah, wie die Chinesen am jaspisgünen Teich anhielten. Christine Perleth trat zwischen die steinernen Löwen, die eine Kugel im aufgerissenen Maul trugen. Sie drehte die linke Kugel, weil das Glück brachte. Dann warf sie drei weiße Lilien in den Teich. Lilien aus Shuzhou, musste Horner denken. Dann stand sie eine Weile so unbeweglich da wie ihre Begleiter. Schließlich breitete sie die Arme aus, und Horner verstand gut, was sie sagte.

»Gerd Halland war ein guter Mensch. Das sah nicht jeder so. Aber ich weiß es. Ich lernte ihn kennen, als wir beide eine schwierige Lebensphase durchschritten. Und auch wenn wir uns nicht besonders gut verstanden, so war er es doch, der mich bewog, mich für diesen Chinesischen Garten einzusetzen. Vielleicht hat er das nie erfahren. Aber er ist der eigentliche Vater dieses Teils des Bethmannparks. Er überzeugte mich, dass es möglich sein müsse, mitten in dieser Stadt einen Park mit einem Wasserpavillon einzurichten, einen friedlichen Platz zum Ausruhen. Die Inschrift im Pavillon des geläuterten Herzens stand auch auf dem Pergament, das der tote Gerd Halland in der Hand hielt. Das hat uns die Polizei verraten. Und wir lesen es auch in den Zeitungen. Nur Gerd Halland wusste, was diese Worte tatsächlich bedeuten. Was sie in seinem Leben bedeutet haben. Er möge an diesem rätselvollen Ort in Frieden ausruhen. Sein Leben war nicht umsonst.«

Horner war bewegt. Und irritiert. Die Innigkeit, mit der diese Frau sprach, deutete auf eine Verbindung zu Halland, die mehr beinhalten musste, als sie mit Worten preisgab. Aber das war doch ebenso undenkbar wie eine Verbindung zwischen Christine Perleth und Brandstätter.

Plötzlich kam Horner ein Gedanke.

Hatte das alles mit dem Jahr 2005 zu tun?

Wenn ja, was war damals geschehen?

Horner nahm sich vor, unbedingt mit Christine Perleth darüber zu sprechen. Wenn es ihm denn gelang, sie zu Antworten zu bewegen.

Als die chinesische Gruppe abgefahren war, in ihrer Mitte Christine Perleth wie jemand, der beschützt werden muss, wusste Horner nicht, was er jetzt tun sollte. Er war noch nicht so müde, um nach Hause zu fahren. Und für einen Besuch am Grab seiner Frau war es jetzt zu spät, der Hauptfriedhof schloss gerade jetzt, wo sich die Dunkelheit herabgesenkt hatte.

Ihm fiel ein, dass der vierte Hilfsgärtner des Projekts, Wulf Hildebrandt, in unmittelbarer Nähe des Bethmannparks wohnte. Kalli Bender, der jetzt endlich seinen verdienten Feierabend angetreten hatte, hatte ihm einmal die Adresse genannt.

Kurzentschlossen machte sich Horner auf den Weg. Er ging die Berger Straße hinunter, die jeden Abend, aber besonders jetzt am Samstagabend, stark belebt war. Vergnügungssüchtige, Entspannte und Hungrige schlenderten über die Trottoirs, Kneipen und Cafés bebten vor Bewirtungslust.

Er klingelte bei Hildebrandt. Sofort wurde die Haustür geöffnet. Horner stieg in den fünften Stock. Mit jedem Schritt wurde es immer wärmer. Im dritten Stock schwitzte er schon. Niemals ziehe ich unters Dach, dachte Horner, es ist im Sommer wie in einer Sauna.

Der junge Hilfsgärtner stand in der Wohnungstür. Er erkannte Horner nicht.

»Ja?«, sagte er. »Sind Sie von den Erleuchteten?«

»Wie?«, keuchte Horner.

»Die Zeugen Jehovas kommen am liebsten samstags. Aber Sie wären jetzt schon der Dritte in dieser Woche. Ich habe keine Aufklärung mehr nötig.«

»Max Horner«, stellte sich Horner vor. »Ich möchte Sie etwas fragen, was im Zusammenhang mit dem Bethmannpark steht. Wenn Sie nichts dagegen haben.«

»Wieso? Sind Sie vom Amt?«

»Ich bin Polizist«, sagte Horner etwas unscharf.

Hildebrandt schien unschlüssig. Er zögerte.

»Dann muss ich wohl mit Ihnen reden«, sagte er dann. »Kommen Sie rein.«

Er ließ sich keinen Ausweis zeigen. Er ist arglos, dachte Horner. Jeder der will, kann ihn betrügen. Und den Missionierern von den Zeugen Jehovas ist er wahrscheinlich ein formbares Opfer.

Die Wohnung des jungen Gärtners war karg und zweckmäßig eingerichtet. Ein Zimmer mit einem winzigen Balkon zum Hinterhof, eine Küche wie ein Schuhkarton im praktischen Frankfurter Stil, ein Bad. An den Wänden hatte Wulf Tierfotos aufgehängt.

Horner beobachtete den Jungen, der sich ihm am runden Tisch gegenüber auf den Stuhl setzte. Es war ihm klar, dass er vorsichtig zu Werke gehen musste. Wulf hatte tiefe Schatten unter den Augen.

»Sie haben Gerd Halland gemocht, nicht wahr?«, sagte er.

Wulf zögerte. »Er war wie ein Vater«, sagte er dann mit einer Stimme, die zu zerfließen schien.

»Woher kannten Sie ihn?«

»Gerd holte mich in das Gartenteam, da haben wir uns kennen gelernt.«

»Und woher wusste er von Ihnen?«

»Ich war schon mal für ein Reso-Projekt vorgesehen. In Hattersheim. Das scheiterte dann, bevor ich anfangen konnte. Aber ich stand seitdem auf einer Warteliste.«

»Können Sie mir zu den Umständen seines Todes etwas sagen?«

Wulf schüttelte den Kopf.

»Wo waren Sie zum Zeitpunkt – der Tat?«

»Der Tat?« Wulf schrie es beinahe. »Wieso der Tat? Es war ein Unfall! Ein Versehen!«

»Was meinen Sie damit?«, hakte Horner vorsichtig nach.

Wulf wand sich. Er sah so unglücklich aus, dass Horner fast geneigt war, das Gespräch abzubrechen.

»Er ist ertrunken. Niemand ist daran schuld.«

»Er hatte Pflanzengift im Körper, das hat die Polizei inzwischen nachgewiesen«, sagte Horner.

»Das ist unmöglich«, sagte Wulf leise. »Gerd war doch erfahren. Er hätte doch niemals …«

»Sprechen Sie weiter«, bat Horner.

»Wo hätte er denn mit Pflanzengift in Berührung kommen können?«, sagte Wulf mit jetzt wieder gefestigter Stimme. »Wir haben im Park keins. Es wurden nur Biogifte angefordert, wegen des Ungeziefers in den Bäumen. Aber das war noch nicht im Einsatz und wird es wohl auch nie werden.«

»Es war Pflanzengift«, beharrte Horner.

»Vielleicht weiß dieser Brandstätter etwas darüber«, sagte Wulf beinahe ängstlich.

»Wieso denn?«

»Er wollte Pflanzengift ordern, um den Raupen in den Baumkronen zu Leibe zu rücken. Ein rücksichtsloses Vorhaben. Denken Sie doch mal, was dabei alles passieren kann!«

»Mit Gift gegen Raupen?«

»In den Baumkronen sitzen Eichenprozessionsspinner. Sie haben bisher nichts getan, sammeln sich nur. Aber jede Minute können sie anfangen mit ihrem Werk. Dann sind die Eichen im Nu kahl.«

»Davon hat mir Bender nichts erzählt.«

»Bender hat vom Amt den Befehl erhalten, sich nicht darum zu kümmern. Also spricht er auch nicht darüber.«

Horner ließ Wulf nicht aus den Augen. Der junge Gärtner schien sich wieder gefasst zu haben. Seine Stimme war ruhig. Seine Hände lagen bewegungslos auf der Tischplatte.

»Was denken Sie über Subotnik und Hilbert?«

»Horst und Marco? Sie – sind in Ordnung. Ein bisschen nachlässig und faul, aber sie tun, was man ihnen sagt. Sie machen ihre Arbeit.«

»Welches Verhältnis hatten die beiden zu Halland?«

»Er war der Kapo. Sie nahmen seine Anweisungen entgegen.«

»Ohne Murren?«

»Na, ja, Subotnik war manchmal etwas widerspenstig. Aber das klärte Gerd sehr schnell.«

»Können Sie sich vorstellen, dass einer der beiden Halland so hasste, dass er ihn tötete?«

»Was!? Soll das ein Scherz sein? Im Bethmannpark herrschte Frieden! Eine friedliche Stimmung! Wir waren ein Team!«

»Halland ist tot. Wahrscheinlich ermordet«, sagte Horner hart.

Wulf sackte in sich zusammen. Er starrte vor sich hin. Horner bereute seine Unnachgiebigkeit, da sagte Wulf leise:

»Es kann nicht sein, dass Gerd umgebracht wurde. Verstehen Sie? Etwas so Gutes kann nicht durch eine Gewalttat ausgelöscht werden, dann kehrt sich alles um.«

»Gut, lassen wir es dabei«, gab Horner nach. »Aber Sie sind doch Gärtner. Sie kennen Ihren Park. Es gibt in der Natur nicht nur Schönes. Es gibt Unkraut, das Pflanzen die Luft zum

Atmen nimmt, es gibt Würgegewächse, die ganze Bäume töten, es gibt giftige Pflanzen wie Goldregen, Engeltrompete, die Herbstzeitlosen, den Blauen Eisenhut oder … Wer davon auch nur eine Winzigkeit isst, der kann sterben. Die Natur ist nicht nur friedlich. Von den Tieren ganz zu schweigen. Das sehen Sie doch wohl auch so.«

»Alles hat in der Schöpfung seinen Platz«, flüsterte Wulf.

»Auch das Böse, das Zerstörerische?«

»Gerd wurde nicht getötet«, sagte Wulf. »Glauben Sie mir doch. Es ist undenkbar. Es muss ein Unfall gewesen sein.«

Horner machte eine beruhigende Geste. »Können Sie mir ein Glas Wasser bringen?«, bat er. »Ich habe einen trockenen Hals.«

»Aber ja! Entschuldigen Sie!«

Wulf stand auf, um in die Küche zu gehen. Horner sah sich schnell um. An der Wand erblickte er jetzt ein gerahmtes Foto, das Wulf mit Halland zeigte. Es war nicht im Bethmannpark aufgenommen, sondern in einer Straßenkulisse. Halland hatte den Arm um seine Schulter gelegt, Wulf lachte.

Als der junge Gärtner zurückkam und ihm das Glas mit prickelndem Wasser gab, trank Horner schnell ein paar Schlucke und sagte dann:

»Nehmen wir an, es war doch Mord. Wer käme als Täter in Frage? Hatte Halland Feinde?«

Wulf starrte ihn sofort wieder unglücklich an.

»Sie lassen nicht locker, wie? Sie sind unbarmherzig.«

»Ich möchte nur klar sehen«, sagte Horner. »Und wenn es eine Gewalttat war, möchte ich dazu beitragen, dass der Schuldige gefasst wird.«

»Gehen Sie jetzt bitte.«

»Antworten Sie mir!«

»Ein Mann wie Gerd Halland kann keine Feinde haben. Er war ein großartiger Mensch.«

»Er war ein verurteilter Krimineller.«

»Es gab nie einen Beweis für seine Verfehlungen. In meinen Augen war er unschuldig.«

»Zu einem Unschuldigen passt ein Schuldiger. Protagonist und Antagonist, verstehen Sie? Das Gute und das Böse. Außerdem ist niemand nur gut, das wird auch Ihnen klar sein.«

»Ich kannte ihn erst seit kurzer Zeit«, wehrte Wulf ab.

Horner deutete auf das Foto an der Wand.

»Wann ist das aufgenommen?«

Wulf sah auf das Foto, als müsse er sich an ein entferntes Leben erinnern.

»Es war am Tag meiner Einstellung. Wir waren zusammen in Offenbach, um Wohnungen für das Team zu suchen. Gerd kümmerte sich um alles. Marco und Horst zogen dann dorthin. Mir gefällt Frankfurt besser.«

»Halland war ein guter Chef, nicht wahr?«

Wulf nickte.

»Er mochte seine Mitarbeiter«, setzte Horner nach.

»Er hätte alles dafür getan, damit die Gruppe funktioniert und zusammenbleibt«, sagte Wulf.

»Und doch gibt es dunkle Flecken in seinem Charakter.«

»Die gibt es bei jedem«, wehrte Wulf ab. »Auch Sie werden solche Flecken auf Ihrer Seele haben.«

»Sicher«, sagte Horner. »Aber ich saß nicht im Gefängnis. Ein kleiner Unterschied ist das schon, finden Sie nicht?«

»Was vor meiner Zeit war, kann ich nicht sagen. Vielleicht gibt es das Böse aus dieser Zeit. Vielleicht hat es sich in den Bethmannpark eingeschlichen, ohne dass Gerd es merkte. Ich weiß es nicht.«

Horner begriff, dass er nicht weiterkam.

»Ich danke Ihnen jedenfalls, Wulf. Nehmen Sie es nicht so schwer.«

»Ich weiß jetzt nicht mehr, wie es weitergehen soll«, sagte Wulf leise. »Ich habe den einzigen Menschen verloren, der mir Halt gegeben hat.«

»Die Zeit heilt alle Wunden«, sagte Horner. Aber er schämte sich gleichzeitig für diese Plattitüde.

Er verabschiedete sich rasch. Wulf blieb am Tisch sitzen und starrte ihm nach.

Max Horner blieb unruhig. Feinnervig wie ein witterndes Tier. Sein Instinkt war nicht befriedigt. Er fühlte, es gab da einen Rest, den er noch nicht verstand. Nachdem er Wulf Hildebrandt verlassen hatte, ging er noch einmal zum Bethmannpark. Es waren zu Fuß nur zehn Minuten.

Im Betriebshof brannte Licht. Anscheinend war der Chefgärtner doch noch nicht gegangen. Horner wollte noch einmal mit Kalli Bender sprechen, stellte sich an die Eingangspforte und rief seinen Namen. Niemand zeigte sich. Horner rief noch einmal. Es konnte natürlich sein, dass die Gärtner das Licht brennen ließen, um unerwünschte Eindringlinge zu vertreiben. Vielleicht gab es eine Auflage der Kripo.

»Was machen Sie da? Geben Sie doch Ruhe!«

Horner drehte sich um und schaute an der Häuserfassade des Neubaus in der Mauerstraße empor. Er erkannte sofort den Bewohner im dritten Stock wieder, der von seinem Balkon aus Blumengarten und Kinderspielplatz und eigentlich den ganzen Park überwachte. Hinter ihm erschien Gerda.

»Was haben Sie in der Nacht vom Donnerstag auf den Freitag gemacht?«, rief Horner hinauf.

Der Mann setzte eine wütende Miene auf. Gerda zog ihn am Arm in die Wohnung.

»Sie sind ein unverschämter Zeitgenosse«, rief der Mann hinunter. »Ich werde die Polizei holen.«

»Tun Sie das«, ermunterte Horner ihn. »Aber vorher sagen Sie mir, was Sie zur Tatzeit machten.«

»Zur Tatzeit?«

»Im Park ist einer der Gärtner zu Tode gekommen. Und Sie haben mir einen Tag zuvor erklärt, Sie könnten den Kerl umbringen!«

Horner sah trotz der Entfernung, dass die Gesichtsfarbe des Anwohners grau wurde. Er schnappte nach Luft.

»Das ist doch … Seien Sie doch still … es können Sie doch alle hören!«

»Sie haben ein Tatmotiv, mein Herr!«, rief Horner.

Der Mann spuckte in Richtung Horner aus. Gerda zog ihn endgültig in die Wohnung.

Ich verhalte mich unprofessionell, dachte Max Horner. Ich beleidige Mitbürger. Ich sollte wirklich Ruhe geben. Und die Polizei muss nicht unbedingt wissen, dass ich hier herumschnüffle.

Aber konnte es nicht tatsächlich sein, dass ein wütender Zeitgenosse wie dieser da, der das Unrecht sühnen wollte, das Eiben und Ginkgos angetan wurde, zur Selbstjustiz Zuflucht nahm? Es wäre nicht das erste Mal in der Kriminalgeschichte. Und an Pflanzengift kam so jemand ohne jede Mühe. In jedem Gartencenter war es zu kaufen. Horner war überzeugt, dass der üppige Balkonschmuck Gerdas, eine bunte, nach unten quellende Wolke von Zinnien, Begonien und Petunien, unter reichlichem Einsatz von chemischem Dünger zustande kam.

Horner blickte noch einmal in den Park. Im Chinesischen Garten des himmlischen Friedens brannten die ganze Nacht über Laternen, die ein mattes, gelbliches Licht spendeten. Sah er am Hauptportal nicht eine Bewegung? Horner trat dichter an die Pforte und starrte hinüber. Seine Augen brannten, und er musste die Brille abnehmen und die Augenhöhlen massieren. Dann blickte er wieder in den Park. Aber er konnte nichts Verdächtiges erkennen.

Max Horner war von einer unerklärlichen Unruhe erfüllt. Er kannte das. Der alte Stöberhund in ihm roch eine Spur. Er hatte nicht übel Lust zu bellen.

Horner machte kehrt und betrat noch einmal die Berger Straße. Er ging ziellos hinab. Noch immer strömten Passanten über die Trottoirs, ein offenes Cabrio fuhr viel zu schnell durch die Tempo-30-Zone und ließ hämmernde Technogeräusche hören. Horner entschloss sich, einen Imbiss zu nehmen. Er aß bei einem Libanesen ein Falafel und trank dazu ein Glas kalten Minzetee.

Der Hauptkommissar a. D. grübelte. Er versuchte, ein paar Fäden zusammenzuknoten.

Halland. Brandstätter. Christine Perleth. Der Chinesische Garten. Tattoos und Schriftzeichen. Irgendetwas war vorgefallen, von dem er keine Ahnung hatte. Er musste Julian Schleicher bitten, ihm einige Auskünfte zu besorgen. Vielleicht ging es auch über die Akten der JVA in Preungesheim.

Horner verließ die Imbissstation und ging langsam weiter. Er wollte mit der U-Bahn von der Station Merianplatz nach Ginnheim zurückfahren.

Horner sah schon von Weitem, dass sich vor dem Haus, in dem Wulf wohnte, etwas tat. Eine Menschenmenge wuchs immer mehr an. Rufe wurden laut.

Unwillkürlich ging er schneller.

Als er vor dem Haus stand, sah er, wie Sanitäter jemanden auf einer Trage heraustrugen. Trotz der Decken, in die er gewickelt war, erkannte er Wulf Hildebrandt sofort.

»Was ist passiert?«, fragte er einen Umstehenden.

»Ein Fixer. Eine Überdosis Heroin. Der Hauswirt hat ihm sofort die Wohnung gekündigt.«

»Ziemlich rücksichtslos«, bemerkte ein anderer Zuschauer.

»Die Junkies müssen hier weg«, sagte der andere. »Die sind doch unberechenbar.«

Horner versuchte, nach vorn zu kommen, um Wulf Hildebrandt zu sehen, bevor er in den Krankenwagen geschoben wurde. Es gelang ihm aber nicht, durch die dichte Menschenmenge zu kommen.

»Lebt der Mann?«, rief Horner einem der Sanitäter zu.

»Gerade man so«, sagte der Mann.

»Wohin bringen Sie ihn?«, rief Horner.

»Ins Markus-Krankenhaus. Sind Sie ein Angehöriger?«

Horner verneinte.

Eine Frau, die sich neben ihn schob, stieß ihm den Ellenbogen in die Seite. Sie beugte sich vertraulich zu ihm.

»Man hat dem armen Kerl chinesische Schriftzeichen auf den nackten Körper gemalt«, flüsterte sie. »Können Sie sich das vorstellen? Wer macht denn so was!«

Max Horner wusste es nicht.

Liv brachte Philipp mit. Sie hatte sich um ihren Quittenbaum gekümmert und hielt jetzt zwei der gelbgrünen Früchte in der Hand. Horner versprach, aus der Ernte beider Bäume in drei Wochen einige schmackhafte Gerichte nach seinem Rezept zuzubereiten. Die Familie würde zusammenkommen, Karin reiste aus Berlin an. Und auch Terttu würde dabei sein.

Philipp war an diesem Morgen schlecht gelaunt. Er sagte, er sei müde und rieb sich zur Bestätigung die Augen. Horner ließ ihn in Ruhe.

»Ich war in der Wohnung dieses jungen Gärtners«, erzählte Horner. »Es gelang mir, einen Moment abzupassen und zwischen dem Wachtmeister und den Sanitätern hineinzuschlüpfen.«

»Und was hast du bei dem armen Kerl gesehen?«, wollte Liv wissen. Sie hatte die Quitten in eine Küchenschale gelegt, wo sie sofort ihren Duft verbreiteten.

»Ich sah das Chaos. Ich sah das Drogenbesteck, die leeren Hülsen, zwei Spritzen. Er muss sich eine reichliche Menge verabreicht haben. Und ich sah auf dem Boden eine Wasserschale, Farbe, Pinsel. Wer immer Wulf die Schriftzeichen aufgemalt hat, kannte sich damit aus. Ich sah keine Schablonen mit chinesischen Zeichen oder Ähnliches.«

»Einer, der des Chinesischen mächtig ist«, sagte Liv.

»Zumindest weiß er, was ein paar Sätze bedeuten.«

»Er kann es sich selbst aufgemalt haben«, überlegte Liv.

»Natürlich, auch das ist möglich. Wulf schien sich mit chinesischer Schrift auszukennen, wahrscheinlich über Halland.«

»Und wie geht es ihm?«

»Ich war an seinem Krankenbett. Es ist erstaunlich, wie sorglos die Behörden damit umgehen, dass jemand eventuell Opfer einer Gewalttat gewesen sein könnte. Man behandelt ihn wie einen gewöhnlichen Kranken, kein Aufpasser vor seinem Krankenzimmer. Ich konnte aber nicht mit ihm sprechen, er war in Narkose und sah ziemlich mitgenommen aus.«

»Wird er es schaffen?«

»Ich denke ja. Der zuständige Arzt hat sich so geäußert. Hilfe kam ja schnell. Eine Nachbarin war sofort da, sie hatte wohl ein Poltern gehört, das sie sich nicht erklären konnte. Wulf ist gefallen und hat alles mit zu Boden gerissen.«

»Und wie geht es jetzt weiter?«, fragte Liv mitfühlend.

»Ich habe ein riesiges Schuldgefühl«, gestand Horner. »Ich war ja kurz vorher bei Wulf. Ich habe mit ihm gesprochen. Ich wollte unbedingt mehr über den Tod Hallands erfahren. Vielleicht bin ich dabei ein bisschen zu weit gegangen.«

»Wieso?«

»Wulf hing an Halland wie an einem Vater. Ich habe natürlich gebohrt, Bullen können ziemlich rücksichtslos sein.«

»Du doch nicht!«

»Ich doch! Wenn der Gaul mit mir durchgeht, bin ich nur noch Bulle.«

»Ach komm! Das glaube ich nicht.«

»Jedenfalls hätte ich Wulf vor seinen Feinden schützen müssen. Auch vor sich selbst, natürlich. Vor seinen inneren Feinden. Ich habe es zu leicht genommen.«

»Er wird überleben, du sagst es ja. Daraus wird er lernen.«

»Wulf ist der Schwächste und Ängstlichste in der Gärtnergruppe. Natürlich hat der Garten ihm die Schriftzeichen aufgemalt. Er –«

»Wie bitte?«

»Frag Terttu, sie wird es dir erklären.«

»Papa, sprich nicht in Rätseln!«

»Es hat mit dem Garten zu tun, Terttu hat mich auf diese Idee gebracht. Ich weiß noch nicht, was die Schriftzeichen bedeuten, die Wulf auf dem Leib trug. Aber ich bin mir ziemlich sicher, dass es dieselben sind, die Gerd Halland auf seinen Armen tätowiert hatte. Oder es ist der Satz, den er auf das Pergament geschrieben hatte, als er starb.«

»Das heißt?«

»Es ist natürlich in jedem Fall eine Art Nachricht an die anderen. Wenn es die Inschrift ist, die auch an einer Wand des Wasserpavillons steht, dann lautet sie: *Ein friedlicher Platz zum Ausruhen. In der Stille findet man Kraft zu neuem Denken.* Hallands Tattoo hieß, wie man mir sagte: *Überall wo Gräser grünen, erblick ich dein grünes Seidenkleid, und jeder Halm erfüllt mich mit Verlangen.* Es sind Zeilen eines chinesischen Liebesgedichts von einem alten Autor namens Nin Xiji. An eine ferne Geliebte.«

»Ein zarter Vers. Wenn dieser Gerd Halland ihn auf seinen Arm eintätowierte, dann kann er kein grober Klotz gewesen sein.«

»Das denke ich mittlerweile auch … Wulf muss übrigens eingeweiht gewesen sein. Es war seine Art, Nähe zu Halland zu zeigen. Ein ziemlich deprimierender Akt.«

»Er muss ein sensibler Junge sein, dieser Wulf Hildebrandt.«

»Einer von denen«, nickte Horner, »die alles auf sich beziehen. Die Welt rotiert, und er denkt, es sei seine Schuld. Ziemlich unheilbar.«

Liv seufzte. »Was willst du jetzt tun?«

»Ich – gehe mit Philipp in den Keller. Wir sehen nach dem Fabeltier. Es hat jetzt sogar schon Augen.«

»Ich will aber nicht in den Keller«, sagte Philipp mit einer Schippe. »Ich bin müde. Ich will bei Wallander bleiben, er kann immer noch nicht laufen.«

»Willst du dich hinlegen, mein Kleiner?«, fragte Horner.

»Wenn ich schlafe, passiert wieder was«, behauptete Philipp.

Besorgt blickten Horner und Liv sich an, dann den Jungen. Das durfte er sich auf gar keinen Fall einreden!

»Wir fahren nach Hause«, schlug Liv vor. »Wir lassen den Opa allein, er muss nachdenken. Und du legst dich aufs Bett, ich lese dir eine Geschichte vor.«

»Was für eine denn?«

»Wo die wilden Kerle wohnen. Eine Parkgeschichte.«

»Na gut.«

Liv und Philipp verabschiedeten sich bald. Horner blickte ihnen vom Fenster aus nach und winkte. Philipp winkte zurück.

Max Horner rief im Markus-Krankenhaus an. Wulfs Zustand war stabil, aber weiterhin ernst. Die Dosis, die er gespritzt hatte, musste wirklich stark gewesen sein. Es blieb die Frage, woher er das Heroin hatte. Gab es im Bethmannpark tatsächlich eine Drogenszene, wie Jens Brandstätter behauptet hatte? Halland hatte das vehement bestritten, und Kalli Bender winkte nur ab.

Wie also kam ein Typ wie Wulf an Heroin?

Horner besprach sich am Telefon mit Julian Schleicher. Der Kriminalhauptmeister hielt sich bedeckt, es gab eine absolute Nachrichtensperre um die beiden Fälle. Die Staatsanwaltschaft wollte offensichtlich jeden Anflug von Hysterie vermeiden.

Max Horner beschloss, sich unter die Gärtner des Bethmannparks zu begeben. Nur von ihnen konnte er mehr erfahren. Er spürte, dass sie allein des Rätsels Lösung waren. Sie wussten alles, da war er sicher. Je mehr er sich in diesen Gedanken versteifte, umso überzeugter wurde er.

Sie kannten die Antworten. Und er musste sie zum Sprechen bringen.

Schon bei seinem Eintritt in den Park spürte Horner, dass heute etwas anders war als sonst. Sie waren alle versammelt. Sie umstanden den Chefgärtner mit hängenden Schultern und schiefen Blicken, die Hände zu Fäusten geballt.

Bender hatte ihm die Pforte geöffnet. »Wir haben uns versammelt, um eine kleine Andacht zu halten«, sagte er leise. »Wulf hätte draufgehen können.«

»Was wird aus uns, Bender!«, sagte Brandstätter laut. »Sie sind uns eine Antwort schuldig!«

»Ja, das bin ich wohl«, erwiderte Kalli Bender. »Ich bin zwar nicht das Amt und auch nicht die Kripo, aber ich bin für euch verantwortlich, also muss ich euch reinen Wein einschenken, nicht wahr?«

»Wir gehen hier nicht eher weg«, drohte Subotnik.

»Der Park wird in zwei Tagen wieder geöffnet«, erklärte Bender. »Dann seid ihr aber nicht mehr mit von der Partie. Das Projekt Resozialisierung ist dann beendet.«

Schweigen. Horner wollte etwas sagen, unterließ es aber angesichts der finsteren Mienen. Sein Kommentar war nicht erwünscht. Er wartete ab.

»Wir haben es jetzt gehört. Zum ersten Mal. Jetzt ist es also ausgesprochen«, sagte Hilbert.

»Es ist zu Ende«, echote Subotnik.

»Ja. Und das tut mir wirklich leid«, sagte Bender.

»Dafür können wir uns nichts kaufen«, knurrte Brandstätter. »Können Sie nicht noch mal beim Amt nachhaken, Chefgärtner?«

»Ich versuche es, wenn ihr wollt. Aber setzt nicht soviel Hoffnung darauf.«

»Wir gehen hier trotzdem nicht weg, was meint ihr, Jungs?«

Jens Brandstätter sah um sich. Hilbert und Subotnik blickten zu Boden. Brandstätter fixierte Horner.

»Was macht der hier?«

Max Horner vollführte eine beruhigende Geste. »Nur cool bleiben. Mit eurem Problem hat meine Anwesenheit nichts zu tun.«

»Mit unserm Problem? Wessen Problem ist das?«

Horner sah Brandstätter näher rücken. Er überlegte, wie er ihn sich im Ernstfall vom Leib halten konnte.

»Besprecht die Sache mit eurem Chefgärtner, Leute. Macht die Sache nicht noch schlimmer.«

»Welche Sache denn! Was willst du von uns! Willst uns aushorchen?«

»Halland hatte Schädlingsbekämpfungsmittel im Blut«, sagte Horner. »Ich will wissen, was wirklich passiert ist.«

Alle blickten ihn jetzt an.

»Ich wäre euch dankbar, wenn ihr euch zu einem Kommentar bequemen könntet«, sagte Horner. »Nichts sagen ist nicht sonderlich originell.«

Ihre Mienen verfinsterten sich, ihre Körper richteten sich auf. Die Spannung war greifbar.

Bender trat einen Schritt nach vorn. »Stopp! Keiner rührt sich! Wir wollen friedlich bleiben. Wir haben noch zwei Tage, und ich schlage vor, wir zeigen unserem Auftraggeber, dass wir uns unserer Verantwortung für den Park bewusst sind.«

»Wir sind kein Team mehr, Herr Bender«, sagte Subotnik. »Wir haben keine Verantwortung mehr für irgendwas. Nur noch für uns.«

»Seid vernünftig, Leute. Wenn wir in Ruhe weiterarbeiten, können wir die Stadt doch noch davon überzeugen, dass –«

»Quatsch!«, sagte Subotnik grob. »Die Sache ist gelaufen. Nur keine Soße mehr.«

»Tja«, sagte Brandstätter, »wir stehen mal wieder auf der Straße, was Jungs? Lassen wir uns das gefallen?«

»Brandstätter!« Max Horner trat ruhig an den Anführer der Hilfsgärtner heran. »Man hat euch gerufen, ihr habt eure Arbeit gut gemacht, jetzt lässt man euch wieder gehen. Ein simpler, normaler Vorgang. Tragt es mit Fassung. Zeigt Charakter.«

»Er hat recht«, sagte Hilbert. »Wir sollten durch unser Verhalten ausdrücken, dass wir … dass wir moralisch überlegen sind.«

»Von mir aus«, lenkte Subotnik ein. »Aber eine Sauerei ist es trotzdem. Wir können nichts dafür. Aber die Kleinen lässt man immer zuerst fallen.«

»Jetzt flennt nicht«, warf Brandstätter ein. »Ich sage, wir sind noch nicht am Ende. Mit mir kann man das nicht machen. Ich hab' vor, die beiden Tage zu nutzen.«

»Was hast du vor, Jens?«, fragte Bender ruhig.

»Das werden Sie früh genug sehen, Chefgärtner«, erwiderte Brandstätter. »Ich geh' hier jedenfalls nicht weg, bevor ich eine Markierung gesetzt habe.«

»Kennen Sie Christine Perleth?«, fragte Horner plötzlich.

Brandstätter starrte ihn so benommen an, als käme er erst langsam in die Wirklichkeit zurück.

»Sie war hier«, sagte Brandstätter dann und deutete in Richtung des chinesischen Parkteils.

»Ja, sie war hier im Park. Sie hat um Halland getrauert.«

»Und? Ich trauer' auch um ihn. Hildebrandt trauert um ihn. Alle trauern um Gerd Halland.«

»Kennen Sie Frau Perleth näher?«

»Fragen Sie sie doch selbst, Schlaumeier.«

»Ich frage Sie, Brandstätter!«

»Dornholzhausen, Am gotischen Haus 38.«

»Wie?«

»Da wohnt sie. Fahren Sie hin. Befragen Sie sie.«

»Woher wissen Sie das so genau?«

»Na, denken Sie drüber nach.«

»Sie und Halland kennen Frau Perleth schon länger, stimmt's?«

»Ich denke, das geht Sie nichts an.«

»Na immerhin, danke für die Anschrift, Brandstätter.«

»Ich schlage vor«, bemerkte Bender, »dass wir jetzt auseinandergehen. Geht nach Hause. Denkt nach. Ruht euch aus. Es ist viel passiert. Am Nachmittag, sagen wir gegen vier, sehen wir uns hier wieder.«

Die Hilfsgärtner zögerten. Sie blieben stehen, scharrten mit den Fußspitzen im Sand. Dann machten sie kehrt und verließen tatsächlich den Bethmannpark. Bender schloss hinter ihnen die Pforte.

Auf der Fahrt mit der S-Bahn nach Bad Homburg überdachte Max Horner das Gesehene und Gehörte. Er könnte seine Einschätzungen der Polizei weitergeben. Wenn er aber ohne die Hilfe der Kripo zum Ziel kommen wollte, musste er geduldig sein. Die Leute befragen, die Zusammenhänge sehen, Schlüsse ziehen, die Ergebnisse präsentieren, um bei den Beteiligten emotionale Reaktionen hervorzurufen. Der Schuldige oder die Schuldigen – im Moment glaubte er an mehrere Beteiligte – würden sich irgendwann verraten. Ganz ohne Hilfe würde er die Sache aber nicht durchziehen können.

Der Schlüssel lag bei den Gärtnern. Dieser Verdacht verdichtete sich immer mehr. Aber noch sah Horner die Zusammenhänge nicht. Er musste dunkle Stellen in der Vergangenheit ausleuchten, ein paar Vorhänge lüften. Wenn er dann klarer sah, konnte er immer noch die Kripo einschalten.

Er stieg am Bahnhof aus und nahm ein Taxi. Er wies den Fahrer an, zu warten.

Die von Brandstätter genannte Adresse entpuppte sich als komfortable Villa im Heimatstil mit Terrasse und viel vorgeblendetem Fassadenschmuck aus farbigem Holz. Der Garten drumherum war riesig. Perleth, las Horner, eine schlichte Gravur auf einem Messingschild. Wohnte sie allein hier?

Er klingelte. Nichts rührte sich. Keine Stimme, keine Geräusche, kein Hund. Auch in der Nachbarschaft kein Bellen. Dornholzhausen war ein stilles Viertel.

Horner klingelte noch einmal, diesmal länger. Nichts. Nun, es war Mittag und Sonntag, was machen Dornholzhausener zu einem solchen Zeitpunkt? Jedenfalls sind sie nicht zu Hause.

Oder wollen den Anschein erwecken.

Horner klingelte ein drittes Mal.

Schweigen.

Horner kam auf einen Gedanken. Wo er schon mal in Bad Homburg war.

»Sie ist nicht zu Hause«, sagte er beim Einsteigen zum Taxifahrer. »Sie können mich in den Kurpark fahren. Dort steht doch diese Pagode, nicht wahr? Oder ist es der Schlosspark?«

»Kurpark«, sagte der Fahrer mit weicher Stimme, Horner ordnete ihn als Inder ein.

»Also in den Kurpark«, konstatierte Horner.

»Er heißt Sala-Tempel«, erklärte der Fahrer. »Unser König Chulalongkorn hat ihn im Jahr 1907 errichtet. Ein Geschenk an die Stadt.«

»Ah, was für ein Landsmann ist Ihr König?«

»Thailänder, wie ich.«

»Ah. Was wissen Sie noch über diesen Sala-Tempel?«

»Er trägt viele heilige Inschriften.«

»Ah. Wie lauten sie?«

»Das weiß ich nicht. Es interessiert Sie?«

»Sehr.«

»Wenn Sie wollen, komme ich kurz mit und übersetze sie Ihnen.«

»Das wäre nett.«

Sie fuhren in die Innenstadt hinunter. Wegen der vielen Einbahnstraßen mussten sie den Kurpark umrunden. Der Fahrer hielt auf einem kleinen Parkplatz und stellte die Taxiuhr ab.

Der Tempel war nicht weit entfernt. Als sie davor standen, war Horner von seiner Kraft beeindruckt. Er hatte das Bauwerk bisher nur auf Fotos gesehen.

Sie betraten den Tempel, der Fahrer übersetzte, wie er es versprochen hatte. Nichtssagende, schwülstige Verse von Liebe und Gehorsam. Horner studierte die aufgestellte Tafel. Er war enttäuscht. Aber was hatte er erwartet?

Plötzlich entdeckte er, dass jemand auf der Tafel einige Schriftzeichen eingeritzt hatte. Er machte den Fahrer darauf aufmerksam.

»Das ist nicht thailändisch«, sagte dieser. »Ich kann es nicht entziffern.«

»Vielleicht chinesisch oder japanisch?«, schlug Horner vor und beugte sich über die Zeichen.

»Wahrscheinlich«, sagte der Fahrer.

Horner zückte seinen handlichen Block und einen Kugelschreiber und zeichnete die Schrift, so genau er konnte, nach. Bei solchen Zeichen kam es sicher auf Länge und Stellung jedes Striches an.

Er wusste noch nicht, ob er etwas entdeckt hatte, das ihn in irgendeiner Richtung weiterbrachte. Jeder zufällige Spaziergänger konnte sich hier verewigt haben. Aber ein unbestimmtes Gefühl sagte Horner, dass er sich die Zeichen übersetzen lassen sollte.

Aber von wem? Halland war tot.

Christine Perleth!

Horner ließ den Taxifahrer nach Dornholzhausen zurückfahren. Er klingelte. Aber auch jetzt lag die Villa verlassen und schweigend da. Horner gab auf, ließ sich zum Bahnhof zurückfahren, entlohnte den Fahrer mit einem ordentlichen Trinkgeld und suchte in einem Telefonbuch im Reisezentrum den Anschluss von Christine Perleth heraus. Er probierte die Nummer gleich aus.

Ihr Anrufbeantworter.

Horner sprach nichts drauf. Er wartete auf die S-Bahn und fuhr nach Frankfurt zurück.

Er wusste, er würde Kalli Bender nerven, aber er konnte es nicht unterlassen, in den Bethmannpark zu fahren. Bender war freundlich und ganz gelassen. Er ließ ihn eintreten. Horner erklärte, dass er den Wasserpavillon aufsuchen wollte.

»Bitte«, sagte Bender und machte eine einladende Geste. »Die Kripo und ein Vertreter des Gartenamtes waren auch gerade hier, sind aber schon wieder verschwunden.«

»Was wollten sie?«

»Sie haben etwas am Tatort vermessen, keine Ahnung.«

»War Kriminalhauptmeister Julian Schleicher dabei?«

»Ich kenne die Herren nicht mit Namen. – Passen Sie auf, dass Sie nicht über die Hilfsgärtner stolpern. Die haben ihren letzten Sonntagabenddienst gerade wieder angetreten und sind im Moment etwas gereizt, Sie haben das ja mitbekommen. Ich will nicht zusätzlichen Zündstoff.«

Max Horner beschwichtigte ihn und betrat den Chinesischen Garten des himmlischen Friedens. Das geschwungene Dach des Pavillons spiegelte sich im See. Goldkarpfen zogen ihre Bahn. Hinter dem Mondtor lag die künstliche Berglandschaft im Schatten. Horner ließ sich von den Bildern leiten.

Er betrat den Wasserpavillon. Dort sah er zum ersten Mal bewusst die Inschriften.

Er zog seinen Block heraus.

Soweit er sehen konnte, war eine von ihnen identisch mit den Ritzzeichen, die er abgemalt hatte.

Es war die, die auch Gerd Halland als Tattoo getragen hatte.

Ein Liebesgedicht an eine entfernte Geliebte.

Überall wo Gräser grünen, erblick ich dein grünes Seidenkleid, und jeder Halm erfüllt mich mit Verlangen.

Horner atmete tief durch.

Das hieß also, es gab eine tiefer gehende Verbindung zwischen diesem Chinesischen Garten, der Person Gerd Halland und der Pagode im Kurpark von Bad Homburg.

Der Stadt, in der Christine Perleth lebte.

Und was war mit Wulf Hildebrandt?

Horner zog sein Handy heraus und rief Julian Schleicher an.

»Wenn du mir jetzt sagst, wie die aufgemalten Schriftzeichen auf dem Körper von Wulf Hildebrandt lauten, lasse ich dich bei unserem nächsten Schachspiel gewinnen.«

»Ich gewinne auch so, Max!«, sagte Julian nüchtern.

»Sind sie identisch mit dem Liebesvers auf dem Unterarm des toten Gerd Halland?«

»Nein«, sagte Schleicher.

Horner war enttäuscht.

»Sondern?«

»Sie sind wie das Motto im Wasserpavillon des Chinesischen Gartens.«

»Der Spruch mit dem friedvollen Ort und so weiter?«

»Exakt.«

»Danke Julian!«

»Hast du Erkenntnisse? Ich meine, du könntest mich auch mal füttern. Manchmal bin selbst ich auf ein paar Erfolge angewiesen.«

»Bald, Julian! Wahrscheinlich sehr bald!«

Sie beendeten das Gespräch.

Ganz ging Horners Rechnung nicht auf. Diese Spur führte also nicht zum Ziel. Aber Max Horner besaß jetzt mehrere Fäden, an denen er ziehen konnte.

Er zückte noch einmal sein Handy, dachte, wenn es einen chinesischen Gott gibt, möge er mir verzeihen, dass ich die Stille dieses Ortes mit Handygerede entweihe, und rief die Nummer von Christine Perleth an.

Er erschrak beinahe, als er ihre Stimme ganz nah und direkt vernahm. Er glaubte fast, sie hallte im ganzen chinesischen Wasserpavillon des geläuterten Herzens wieder.

Horner musste erst einmal sortieren, was er gehört hatte. Er setzte sich auf eine Bank hinter dem jaspisgrünen Teich und lehnte sich mit dem Rücken gegen die Umfassungsmauer.

Nicht, dass Christine Perleth gesprächig gewesen wäre. Im Gegenteil. Und am Telefon wollte sie schon gar nicht über Dinge aus ihrem Privatleben sprechen. Aber Horner war erfahren genug, selbst noch aus den Pausen, dem Schweigen etwas herauszuhören. Die Frau schien gewisse Ereignisse aus ihrer Vergangenheit rückgängig machen zu wollen, das war klar. Welche das waren, darüber hatte Horner nichts erfahren. Aber er hatte seine eigenen Vorstellungen davon. Es war ihm klar geworden, dass die Frau aus Bad Homburg zu Gerd Halland eine besondere Beziehung gehabt haben musste. Sie wurde aus einem ihm unbekannten Grund nicht fertig damit.

Vielleicht, dachte Horner, haben sich die beiden geliebt?

Aber eine solche Liebe war doch undenkbar! Die beiden waren doch viel zu unterschiedlich. Berge und Abgründe aus Herkommen, Bildungsstand, Klassendünkel trennte sie. Zu vieles schien völlig unvereinbar. Feuer paart sich nicht mit Wasser.

Und doch! Hatte es nicht schon andere Beispiele dafür gegeben, dass Gefühle sich die aberwitzigsten Wege suchten? Und dass sie dabei nichts als Chaos und Tragik hinterließen?

Jedenfalls: Wenn Christine und Halland sich gekannt hatten, wenn sie sogar ein Paar gewesen sein sollten, dann …

Dann stand sie sogar unter Tatverdacht.

Sie konnte sich seiner entledigt haben, weil sie sonst nicht mit ihm fertig wurde. Sie hatte ihn gewaltsam aus ihrem Leben herausgeschnitten.

Wie Totholz.

War das denkbar?

Was hatte die beiden verbunden? Was hatte sie getrennt? Gab es einen dunklen Punkt, der eine Gewalttat vorstellbar machte?

Was konnte geschehen sein?

Kurzentschlossen stand Horner auf. Er verließ den ummauerten Park und ging zum Betriebshof hinüber. Er sah Subotnik und Hilbert an der Fontäne hantieren. Sie waren emsig beschäftigt, so als sollte alles normal weitergehen. Bender kam dazu und erteilte Anweisungen.

Wo war Jens Brandstätter?

Horner sah sich um. Niemand in der Nähe. Er beschloss, sich in den Baracken umzusehen. Wenn er Verdacht erregte, konnte er behaupten, auf Bender zu warten.

Ein Gedanke war ihm plötzlich zugeflogen.

Er durchstöberte die Räume. Immer wieder lauschend, ob niemand käme. Er wusste genau, wonach er suchte, aber die Suche verlief ergebnislos.

Horner schlenderte zum Arbeitsplatz von Kalli Bender hinüber. Zum ersten Mal ging er die drei Gewächshäuser in ihrer ganzen Länge und Breite ab.

Reihen von noch jungen Pflanzen. Leere Töpfe. Planen und Gartengerät.

Horner sah die private Ecke Benders, drehte die Zeitung von heute herum und sah die Schlagzeile. »Tatort Bethmannpark!« Er las nicht weiter.

Es stand in der hintersten Ecke eines der beiden niedrigen Gewächshäuser. Horner hätte es nicht gefunden, wenn sein Bein sich nicht in der Schlaufe einer Plane verheddert hätte. Er riss die Plane unabsichtlich herunter, fluchte und stürzte. Seine stützende Hand landete in grünen Zöglingen.

Da standen drei Behälter. Gelb und rot, mit dem Markenaufdruck. Direkt vor seinen Augen. Es handelte sich um »Schädlingsvernichter«.

Nicht abbaubares Pflanzengift. Und das in einem der Arbeitsräume von Kalli Bender.

Horner hielt den Atem an. Der Chefgärtner hatte ihn belogen, als er erklärte, nur mit Biogiften zu arbeiten.

Als er sich eben von dem Schreck erholt hatte, hörte er im Eingangsbereich ein Geräusch. Horner schlich zur Seite und versteckte sich hinter mehreren Paravents, die als Blumenschutz verwendet wurden.

Jemand kam schnell näher. Horner konnte durch einen Schlitz zwischen den Stoffbahnen sehen.

Es war Jens Brandstätter.

Der Mann stutzte. Er sah die am Boden liegende Plane. Er fluchte unterdrückt und legte die Plane sorgfältig wieder über die Behälter mit dem Pflanzengift.

Dann blieb er stehen und schien zu lauschen. Unbeweglich, statuarisch, das dichte, blonde Haar jetzt in kurzen Borsten geschnitten.

Seine Kampffrisur, dachte Horner.

Und er dachte weiter: Es sind seine Behälter. Er hat sie Kalli Bender untergeschoben.

Natürlich, so musste es sein.

Er hat Gerd Halland, seinen großen Konkurrenten …

Brandstätter knurrte etwas. Horner blickte aus den Augenwinkeln um sich, um etwas zu entdecken, womit er sich im Ernstfall verteidigen konnte.

Da verließ Brandstätter eilig das Gewächshaus.

Horner atmete auf. Er legte keinen Wert auf körperliche Gewalt. Er löste seine Fälle lieber mit Nachdenken.

Horner beschloss, eine Probe des Giftes zu nehmen. Er blickte sich um. In einer Kiste lagen Glasröhrchen mit Korkverschluss. Horner schnappte sich eines, drehte den Verschluss eines Kanisters auf und tauchte die Röhre hinein. Er bemühte sich, nicht mit dem Gift in Berührung zu kommen, das gelang ihm aber nicht ganz. Sorgfältig verschloss er das Röhrchen und schob es in die Hosentasche. Er wischte sich sorgfältig die Hände ab. Sobald er konnte, musste er sie gründlich waschen. Er roch an den Fingern. Ein schwacher Geruch nach Mandeln und Lösungsmitteln.

Horner war versucht, an seinen Fingern zu lecken, um den Geschmack der Flüssigkeit zu testen.

Wenn geklärt werden konnte, überlegte Horner, dass genau dieses Gift sich im Körper von Gerd Halland befunden hatte, dann stand Jens Brandstätter unter Mordverdacht.

Obwohl dann natürlich geklärt werden musste, auf welche Art und Weise er es dem armen Opfer verabreicht hatte.

Und warum.

Horner überlegte. Er starrte auf seine Hand. Genau so konnte Gerd Halland ums Leben gekommen sein. Er war unabsichtlich mit dem Gift in Berührung gekommen. Er hatte es schmecken wollen. Ein Unfall.

Auch diese Theorie konnte zutreffend sein.

Und Kalli Bender?

Horner konnte einfach nicht glauben, dass der liebenswürdige Chefgärtner etwas mit der Sache zu tun hatte. Wahrscheinlich wusste er wirklich nichts von den Kanistern. Oder war er

Schlitzohr genug, der Öffentlichkeit – und Horner – seine Version aufzutischen?

Aufpassen, ermahnte sich Horner. Bender wirkte harmlos. Und Brandstätter besaß ja beinahe schon zu viel Täterpotential. Waren hier nicht auch Vorurteile im Spiel? Horner musste kühl denken und sorgfältig vorgehen. Nicht von Gefühlen leiten lassen, schärfte er sich ein.

Er ging zum Eingang des Gewächshauses und spähte hinaus. Die Gärtner verteilten sich über den Park, Bender erblickte er nicht.

Schnell und geräuschlos schlüpfte Max Horner ins Freie. Zum ersten Mal seit Tagen spürte er wieder, wie sein Knie schmerzte. Er schüttelte das Bein aus und machte, dass er davonkam.

Denk dir nur, Terttu, sagte Horner. Ich habe Schleicher angerufen, den Julian, weißt schon. Ich habe ihm die Probe mit dem Gift gebracht. Und er hat ganz schnell im Labor herausgefunden, dazu musste er nicht mal den Chemiker alarmieren, dass dieses Pflanzengift, es heißt »Schädlingsvernichter« und besteht im Wesentlichen aus Wasserstoffperoxid, Gerd Halland tötete. Und ich bin mir sicher, dass Jens Brandstätter es im Gärtnerhaus versteckt hat.

Frag doch den Chefgärtner, sagte Terttu.

Hab ich schon, sagte Horner. Er bestreitet, davon gewusst zu haben. Schleicher jedenfalls war nicht mehr zurückzuhalten. Er hat Bender angerufen. Und der ist jetzt im Präsidium zur Vernehmung. Das Gift wurde sichergestellt. Bender sitzt ganz schön in der Klemme.

Kannst du irgendwie nachweisen, wem das Zeugs gehört?, fragte Terttu.

Wenn es Bender nicht da hingestellt hat, sind seine Fingerabdrücke nicht auf den Kanistern, erwiderte Horner. Wenn doch, wenn wir auch nur den Abdruck seines kleinen Fingers finden, ist er dran.

Du bist dir schon sicher, dass es Brandstätter war, konstatierte Terttu, ich kenne dich.

Du kennst mich, nickte Horner. Wenn überhaupt jemand, dann du. Ich muss das Brandstätter nachweisen. Aber wie?

Ich kenne dich. Du schaffst das.

Sehr hilfreich, Terttu. Aber du hast natürlich recht.

Horner stand auf und ordnete den flachwüchsigen Pinus, der jetzt, kurz nach dem Regenguss, duftete. Die Regenwolken hatten sich längst verzogen, ein kleines Spätsommergewitter zur rechten Zeit.

Was wirst du tun?, wollte Terttu wissen.

Ich muss sie alle provozieren, sagte Horner. In die Enge treiben. Sonst lügen die das Blaue vom Himmel runter und ich kann ihnen nicht beikommen. Ich muss ihre Wut wecken. Der Schuldige muss hasserfüllt über mich herfallen.

Terttu drehte sich im Grabe um.

Überlass das doch der Polizei, Max! Das ist doch gefährlich. Du bist nicht mehr fit.

Ich bin absolut fit, sagte Horner. Pass auf, ich schlage einen Salto wie Klose.

Wer um Himmels willen ist Klose?

Ach Terttu, sagte Horner, komm doch mit nach Hause.

Sei vorsichtig, sagte Terttu. Ich bitte dich.

Bis die Kripo handelt, kann viel passieren, sagte Horner. Nein, ich mache es selbst. Und ich weiß auch schon wie. Was hältst du von folgendem Plan …

»Ich weiß nicht, warum ich mich mit dir treffe«, sagte Christine. »Ich will es nicht.«

Jens Brandstätter hatte versucht, die junge Frau zur Begrüßung zu umarmen, aber sie hatte ihn abgewehrt.

»Jetzt stell dich bloß nicht so an! Du hast eingewilligt. Du hast sogar diesen Ort ausgesucht. Also bitte!«

»Wir haben uns lange nicht gesehen. Mir wäre es lieber gewesen, das alles würde in einem Abgrund verschwinden. Noch besser, es wäre nie geschehen.«

»Hier bist du ihm zum ersten Mal begegnet?«

Christine vollführte eine raumgreifende Bewegung. Sie sah über die Wiesen und Bäume des Bad Homburger Kurparks. Sie zog mit den Händen eine imaginäre Linie.

»An dieser Stelle. Genau hier am Eck. Mein Kreuzweg.«

»Schicksal, meine Süße.«

»Nenn mich nicht so! Wir haben nichts miteinander zu tun.«

»Oh doch! Jetzt mehr denn je.«

»Was meinst du?«

»Gerd ist tot. Ich bin sein legitimer Nachfolger.«

»Bei was willst du Gerds Nachfolger sein!«

»Überall dort, wo ich auftrete. Im Park. Bei dir.«

»Du fantasierst, Jens Brandstätter! Wenn du weiter solches dummes Zeugs redest, gehe ich sofort.«

»Gerd war mein Freund. Wir haben uns versprochen, alles gemeinsam zu machen. Im Knast haben wir uns das in die Hand versprochen. Und wir wollten alles teilen.«

»Und dabei habt ihr mich untereinander aufgeteilt, oder wie?«

»So ist es.«

»Du bist einfach irre, Jens! Ich wusste, dass ich mit dir nicht wirklich reden kann. Was hat mich bloß geritten, diesem Treffen zuzustimmen. Du bist zugenagelt, du lebst in einer anderen Welt. Ich habe dir nichts zu sagen.«

Christine Perleth hatte den Sonntagabend nutzen wollen, um im teuren Tennisclub von Bad Homburg Tennis zu spielen. Rainer Schüttler, den man den »Shaker« nannte, veranstaltete ein Benefizturnier für Erdbebenopfer, und Christine wollte dabei sein. Sie wollte Geld sammeln, Gutes tun. Und sie wollte sich den Kummer aus dem Leib spielen. Stattdessen stand sie hier, weil Brandstätter sie am Telefon förmlich angefleht hatte.

Jens packte ihren Arm. »Bleib hier!«

»Sag mir, was du zu sagen hast, Jens. Und dann lass mich gehen.«

»So einfach ist das nicht, mein Mädchen. Es sind ein paar Jahre, in denen einiges passiert ist. Wir bräuchten schon ein bisschen Zeit, um uns das alles anzusehen.«

»Ich sagte schon, ich habe mit dir nichts zu besprechen. Gerd war es, in den ich mich damals verliebt habe. Nicht du. Du hast immer nur so getan, als seiest du im Spiel. Du warst es nie.«

Jens kniff die Augen zusammen. »Gerd, Gerd, Gerd! Er war immer der Geküsste. Er war immer vorneweg, immer der Glücklichere. Er hat dich bekommen, er ist auf die Füße gefallen, er hat die Stelle im Bethmannpark bekommen. Und ich hatte immer das Nachsehen!«

»Selbstmitleid steht dir am schlechtesten, Jens Brandstätter!« Christine wischte sich widerspenstige Haarsträhnen aus der Stirn. »Mach das alles mit dir selbst aus.«

Sie wandte sich zum Gehen.

»Warte! Warte, bitte!« Jens hatte die Hände gehoben, wie um zu zeigen, dass er unbewaffnet war. Er versuchte zu lächeln. »Ich hab' Fehler gemacht. Du bist etwas ganz Besonderes. Ich will dich haben.«

»Du bist ein ungehobelter Klotz, Jens. Selbst wenn du sanft sein willst, klingt es wie eine Drohung. Geh deiner Wege! Ich gehe meinen. Ich bedauere, dass wir uns jemals begegnet sind!«

»Es geht auch anders, Christine!« Jens trat näher. »Ich kann sehr ungemütlich werden, weißt du? Mich schüttelt man so leicht nicht ab.«

Christine drehte sich in seine Richtung, machte einen mutigen Schritt auf ihn zu.

»Du drohst mir?«

»Aber nein! Nein! Ich versuch' nur, dir klarzumachen, dass wir, du und ich, etwas miteinander zu tun haben, das uns verbindet. Das löst man nicht einfach so auf.«

»In dem Maße, in dem ich Gerd geliebt habe, habe ich dich gehasst, Jens Brandstätter. Denn du hast dich immer zwischen uns gedrängt. Du warst da wie ein Schatten, wie ein schlechter Geruch, wie ein Spion. Das hat uns vergiftet. Wenn ich dich sah, wusste ich, dass ich Gerd nicht wirklich lieben durfte. Aber ich habe ihn geliebt. Weiß Gott!«

»Das ist lange her. Und Gerd ist tot …«

»Das Verhängnis ist, dass ich ihm vor einem halben Jahr im Bethmannpark wieder begegnet bin. Ich habe diesen Moment wirklich verflucht. Warum musste er ausgerechnet nach Frankfurt kommen und in diesem Park eine Stellung antreten. Ich konnte es nicht fassen.«

»Beruhig dich. Er ist tot. Und ich bin hier.«

Christine blickte Brandstätter ungläubig an. Konnte es tatsächlich sein, dass dieser Mensch so dachte wie er redete?

»Ich liebe Gerd Halland noch immer«, sagte sie leise. »Er ist der einzige Mann gewesen, den ich achten konnte – in seiner ganzen Zerrissenheit und mit seinen Schwächen. Aber er war ehrlich und wahrhaftig. Ich komme aus einer Welt, in der ich so was noch nicht erlebt habe. Es traf mich wie ein Blitzschlag.«

»So kannst nur du reden. Ich will dich, Christine.«

»Und du bist mir völlig gleichgültig. Du bist einfach gar nicht da.«

»Das war nicht immer so …«

»Das war immer so. Du hast es nur nicht begriffen. Du bist derartig selbstgefällig, dass du nicht merkst, wenn man über dich hinwegsieht, wenn man deine Gegenwart unter allen Umständen meiden will.«

»Über mich sieht niemand hinweg. Ich will wahrgenommen werden. Ich werd' jetzt zeigen, wer ich bin.«

»Tu, was du willst. Du brauchst mich dabei nicht. Ich nehme keinen Platz in deinem Leben ein, Jens Brandstätter, nicht den kleinsten.«

»Ich tu' alles nur für dich, Christine! Red nicht so. Sei ein bisschen nett zu mir, hm?«

»Hast du Gerd auf dem Gewissen?«

Jens blieb wie erstarrt stehen. Dann grinste er.

»Das meinst du doch nicht wirklich!«

»Natürlich meine ich das. Warum läufst du noch frei herum?«

»Du hältst mich tatsächlich für Gerds Mörder?«

»Hat die Polizei dich nicht verhört?«

»Das hat sie, meine Süße. Und sie musste mich gehen lassen, denn ich konnte ein Alibi vorlegen. Was sagst du nun!«

»Wie sieht es in dir aus, Jens? Kannst du dir im Spiegel in die Augen sehen? Das weißt nur du!«

»Komm zu mir, Christine!«

»Du bist zerfressen von Eifersucht, Gier, Ehrgeiz! Das warst du immer. Du bist getrieben von deinem Hass auf die anderen. Ich weiß nicht, warum jemand wie du frei herumlaufen darf.«

»Wenn ich dir die Wahrheit verrate, kommst du dann zu mir zurück?«

»Was für eine Wahrheit?«

»Wenn ich dir gestehe, dass ich Gerd getötet hab', weil ich nur dich wollte, weil ich es für dich und mich getan habe, weil er aus dem Weg geräumt werden musste. Du wolltest das doch auch! Wenn ich das gestehe, bleibst du dann bei mir?«

»Geh zur Polizei, Jens. Gestehe es dort. Wenn du Gerd umgebracht hast, dann gestehe es und verschwinde für alle Zeit hinter Gefängnismauern!«

»Du bist hartherzig, aber das gefällt mir. Du bist keine von den Zuckerpuppen, du stehst deinen Mann. Aber du musst aufpassen.«

»Was meinst du?«

»Wie steht's mit deinem Tatmotiv? Du bist nicht klargekommen mit Gerd. Er hat auf eine Weise in dein Leben eingegriffen, die du nicht verkraftet hast. Du bist ihn einfach nicht losgeworden. Deshalb hast du ihn aus dem Weg geräumt.«

»Du bist verrückt!«

»Ich könnte zur Polizei gehen und dich anzeigen. Was hältst du davon? Ich könnte schwören, dass ich dich zur Tatzeit im Bethmannpark gesehen habe.«

»Ich habe dir nichts mehr zu sagen, Jens. Du widerst mich an. Verschwinde jetzt und lass mich in Ruhe.«

»Ich mein' das ernst! Wir sind beide Geschädigte Gerd Hallands. Jeder von uns ist auf seine Weise von Gerd benutzt worden. Wir sollten uns zusammentun, wir passen zueinander.«

Jens Brandstätter trat dicht vor sie. Er versuchte, sie zu küssen. Sie schlug ihm ins Gesicht. Jens lachte und riss sie an sich. Christine wehrte sich nach Kräften. Dann stieß Jens sie von sich.

»Ich muss jetzt zurück. Aber du wirst von mir hören«, sagte er grob. »Weiß Gott, du hörst von mir! Ich weiß ja, wo du wohnst.«

»Woher weißt du das übrigens?«

»Ich bin überall, Christine!«

Mit diesen Worten machte Brandstätter kehrt und ging den Weg hinunter.

Christine Perleth stand zitternd da, einen Moment lang unfähig, sich zu rühren. Ihre Gedanken wirbelten in einem Sturm der Wut und der Bitterkeit.

Und dann stieg Angst in ihr auf.

Max Horner lag auf den Knien. Er stützte sich mit der flachen linken Hand ab und wühlte mit der Rechten im Erdboden. Er machte sich gern die Hände schmutzig. Aber jetzt tat ihm einmal mehr das Kreuz weh.

Er musste sich also aufrichten, drückte die Hände in die Seiten, seufzte und dehnte sich. Nach einer Pause machte er weiter. Der Garten wollte nicht vertröstet werden. Der Garten war ein Termingeschäft, das genau jetzt fällig wurde.

Horner kroch unter den jetzt, bei Herbstbeginn, schon zwei Meter hohen Kugel-Trompetenbaum. Er würde noch mindestens einen weiteren Meter wachsen und in einem Monat mit leuchtend gelben Blättern prunken. In seinem Schutz wollte er Erika und Callunen anpflanzen. Und dann ein paar Ableger des Pinus', der auf Terttu's Grab lag.

Max Horner griff ins Erdreich, grub mit einer kleinen Handschaufel, hob die Löcher aus und setzte die Pflanzen hinein, die er im Gartencenter der Nordweststadt erstanden hatte. Ihre feinen Rispen hingen bereits voll mit kleinen, halb oder ganz geöffneten Blüten, nicht größer als ein Reiskorn. Sie bildeten einen schönen Kontrast zu der dahinter wachsenden Knospenheide, deren Blüten sich nie öffneten. In der Kombination würden sie den Trompetenbaum mit einem dezent bunten Ring erfreuen.

Weiter hinten, in Richtung des Zaunes, war die Hosta im Frühjahr wunderbar gewachsen. Die Blattschmuckstaude musste jetzt gestutzt werden, Schädlinge hatten sich in ihrem Wurzelbereich breitgemacht. Horner umgoss die schöne Pflanze mit einem systemischen Mittel, das er in Kanistern vorrätig hatte, und errichtete ringsum einen kleinen Hügel, damit das Biogift nicht nach außen abfloss.

Sein Plan, den er Terttu ausführlich erläutert hatte, war gewesen, die Gärtner des Bethmannparks so zu reizen, dass sie die Nerven verloren. Horner wusste, es gab einen Punkt, wo jeder Mensch hilflos wurde, die Kontrolle verlor, die Rücksichten aufgab. Er hatte es oft genug bei Verhören erlebt. Der Vernehmende musste diesen Punkt finden und treffen. Dann hatte er leichtes

Spiel. Jeder Verdächtige verriet sich an diesem Punkt. Ob er es wollte oder nicht. Jeder tatsächlich Schuldige konnte an diesem Punkt überführt werden. Dazu brauchte Max Horner keinen Lügendetektor.

Jetzt war er nicht mehr sicher, ob er das wirklich wollte. Angesichts der Probleme, die er schon mit seinem Kleingarten hatte, konnte er sich da dem Wildwuchs in den Seelen Fehlgeleiteter stellen? Wollte er es tatsächlich auf sich nehmen, wenn sie sich wehrten? Terttu hatte jedenfalls versucht, ihn davon abzuhalten, die Gärtner herauszufordern. Es war zu gefährlich.

Aber eine Falle wollte er doch stellen. Eine ganz kleine, ganz einfache. Wenn das Wild sich darin verfangen hatte, konnte er es gut sein lassen. Den Rest würde dann die Kripo erledigen. Es ging nur um die Anerkennung eines Gedankens, um eine Bestätigung.

Als Jens Brandstätter endlich wieder zurück war, begannen sie mit ihrem Plan. Sie hatten auf ihn gewartet, ohne ihn fehlten der Mut und die Begründung. Er war der Antreiber.

Sie holten sich Baumscheren und begannen damit. Bender gegenüber hatten sie es als gärtnerische Aufgabe vor Herbst und Winter begründet. Der Chefgärtner hatte zugestimmt, erfreut über das wachsende Engagement seiner Leute. Jetzt kam doch noch alles zu einem guten, friedlichen Ende.

Aber die drei Hilfsgärtner wollten mehr, als niedrige Bäume und hoch wachsendes Gesträuch zu beschneiden. Sie wollten das Totholz schneiden, aber nicht aus Zweckmäßigkeit. Es war ein Ritual, das Jens vorgab. Es ging ihm darum, etwas zu beseitigen, das ihn an die Vergangenheit erinnerte.

Für Jens Brandstätter war alles Totholz, was aus seinem Umkreis verschwinden und zu Moderholz werden musste.

Ein Ritual.

Ein Akt der Vernichtung.

Kaum war er aus Bad Homburg zurückgekehrt, angefüllt mit dumpfer Wut, die sich in ihm aufstaute und heraus wollte, begann er damit, die Schleusen in seinem Inneren zu öffnen. Er hatte sich doch schon viel zu lange zurückgehalten, eine Rolle gespielt, den Affen gemacht. So sah er es. Horst Subotnik und Marco Hilbert waren zu schwach, um ihm etwas entgegenzusetzen. Sie waren ängstlich, dann folgten sie ihm.

Bender blickte manchmal zu ihnen hinüber, wie ein Vater, der seine Kinder beaufsichtigt. Er sah sie hin und her eilen wie die Frettchen, die die Nester in den Baumkronen bekriegten. Er begann gerade, sich zu fragen, was den übereifrigen Elan ausgelöst hatte, den die drei Männer an den Tag legten.

Da kam Brandstätter mit Subotnik. Die Männer gingen an Bender vorbei, ohne ihn anzublicken. Brandstätter schob ihn sogar regelrecht zur Seite. Sie gingen ins hinterste Eck des angebauten Gewächshauses, lüfteten eine grüne Plane und zogen drei gelbrote Kanister heraus, die Bender noch nie gesehen hatte.

Er stellte sich ihnen in den Weg. »Was soll das? Was ist das da?«

»Gehen Sie weg, Bender«, sagte Subotnik.

»Es ist Schädlingsvernichter«, ergänzte Brandstätter, »schieres, umweltschädliches Gift, das in Ihrem Gewächshaus steht! Wir verbrennen es jetzt. Zusammen mit den Stapeln von Totholz. Es hat in diesem Park nichts zu suchen! Warum haben Sie es überhaupt angeschafft?«

»Was habe ich …?«

Bender verschlug es die Sprache.

»Wir verbrennen das Gift jetzt«, fuhr Brandstätter fort und trug zwei Kanister nach draußen. Subotnik mühte sich mit dem dritten ab.

»Feuer ist im Park streng verboten!«, sagte Bender erregt.

Brandstätter und Hilbert deuteten ein Lachen an.

»Es entlastet Sie«, sagte Brandstätter. »Denn genau an dieser Sorte ist Gerd gestorben. Wenn die Bullen das hier in Ihrem Heiligsten finden, stehen Ihre Karten schlecht.«

»Ich rufe die Polizei!«, sagte Bender erregt. Er griff zum Handy.

Subotnik riss es ihm aus der Hand. »Sie werden gar nichts tun, Bender!«

Brandstätter stieß Bender vor die Brust. Er überlegte. Dann packte der kräftige Mann den eher schmächtigen Chefgärtner und führte ihn wortlos nach draußen. Er stieß ihn in eines der Gärtnerhäuser.

»Bleiben Sie besser da drin, bis alles vorbei ist. Dann lassen wir Sie wieder raus! Kommen Sie uns lieber nicht in die Quere!«

Brandstätter drehte den Schlüssel von außen im Schloss herum und steckte ihn in die Hosentasche. Dann ging er zu Subotnik. Gemeinsam trugen sie die Giftkanister zu den Stapeln mit Totholz.

Hilbert hatte weitergearbeitet. Das Holz war zu Stößen in Form von mannshohen Tipis aufgeschichtet. Sie öffneten die Verschlüsse der Kanister und schütteten das Gift über das Totholz. Ein Inhalt pro Holzstapel. Es war Brandstätter vorbehalten, den Brandbeschleuniger zu entzünden.

Sie mussten das Feuer nicht schüren. Die Flammen fraßen sich empor. Erst knisterte es, dann fauchte das Feuer.

Die Flammen waren hell, gefräßig, sie hatten das Aussehen von spitzen Zungen aus nichts als Hitze, ganz an ihrem Ende lösten sie sich auf in Schlieren, aus denen Funken sprangen. Rauch quoll auf, mit zunehmender Wildheit des Feuers ließ er wieder nach, übrig blieben die nach allen Seiten hin wild ausfransenden Flammen, die ihr Mahl restlos zu verzehren trachteten.

Die bizarren Figuren des Brandes krümmten sich, verbogen sich, vollführten Ausfälle, um so viel Gewalt wie möglich zu erzeugen. Die Funken tanzten in den Abendhimmel, ein prasselndes Konzert, zu dem sich jetzt noch der Wind gesellte, der in das Feuer hineinfuhr wie mit Peitschen.

Die Hitze wurde unerträglich. Die Männer traten langsam zurück, hin und wieder sprang einer vor und stach mit einer Stange in die Glut, um ihr seinen Willen aufzuzwingen.

»Tanzende Feuerbraut!«, schrie Subotnik. »Komm tanz mit mir!«

Brandstätter dirigierte die Flammen, die davonflogen, kleine neue Feuer zu bilden versuchten, aber in der Höhe erstarben. Gladiolen von Feuer. Rosen von Feuer. Ein unheimlicher Strauß von Feuerblumen.

Etwas Fremdes, Barbarisches.

Etwas Gewalttätiges.

Etwas Loderndes in der Nacht.

Max Horner besah sich den Abendhimmel. Es war kurz vor zehn Uhr. Die Linienmaschinen kreuzten sein Blickfeld, ihre Lichter waren wie stumme Gesprächspartner.

Irgendetwas passt ganz und gar nicht zusammen, dachte Horner. Wir gehen von falschen Annahmen aus.

Er hatte es schon in seinem Kleingarten gespürt. Als er auf die Brennnesseln starrte, die sich von draußen durch den Maschenzaun arbeiteten, war der plötzliche Impuls in ihm übermächtig geworden, die Pflanzen auszureißen. Mit Stumpf und Stiel. Es war Wildwuchs, ein parasitäres Unkraut, zu nichts nütze und dazu noch gefährlich. Er erinnerte sich, dass Philipp als Kleinkind in einem unbeaufsichtigten Moment in die Brennnesseln gegriffen hatte, um einen Schmetterling zu fangen, und sich dabei böse verätzte.

Aber es war Horner einmal mehr bewusst geworden, dass er mit dieser Plage auch die Schmetterlinge vertreiben würde, die ihm so teuer waren.

Und gleichzeitig war ihm der Gedanke gekommen, was wäre, wenn er dieses Sinnbild der Natur auch auf die Beurteilung von Menschen übertragen würde? Das Hässliche und das Schöne, das Gute und das Böse, das Falsche und das Richtige. Brennnessel und Schmetterling brauchten sich gegenseitig. Wer hätte der Brennnessel gute Absichten unterstellt, wer den Schmetterlingen böse? Und doch diente diese überflüssig wirkende Pflanze, die Schmerzen bereitete, dem Schönen dazu, sich zu ernähren, zu überleben.

Unsere Sympathien sind klar verteilt, dachte Horner. Wir lassen uns von unseren Vorurteilen leiten.

Und was bedeutet das nun für den Fall, an dem du bohrst?, wollte Terttu wissen.

Es könnte sein, sagte Horner, dass die Brennnessel in diesem Spiel unschuldig ist.

Wen meinst du?

Brandstätter.

Aha. Und wer ist der Schmetterling?

Wulf Hildebrandt.

Der arme Junge, der im Krankenhaus liegt?

Siehst du, auch du hältst ihn für das Opfer in diesem Drama.

Er ist der Schwächste, oder nicht?

Es ist nur eine Überlegung, um die Fronten aufzubrechen, rechtfertigte sich Horner. Denn mit den alten komme ich nicht weiter. Ich stecke fest. Wenn wir die Sache aber umdrehen, dann wird es interessant.

Welches Mordmotiv sollte der Junge haben?, wollte Terttu wissen.

Tja, sagte Horner, da endet mein geistiger Höhenflug schon. Ich finde leider keines. Es sei denn …

Was?

Es sei denn, es war ein Versehen, ein tragischer Unfall.

Nun lass dir nicht alles aus der Nase ziehen!

Der Schmetterling will die Brennnessel loswerden, und in dem folgenden Kampf übersieht er, was ihm am nächsten ist.

Sehr kryptisch, Max!

Er tötet seinesgleichen.

Überlasse es der Kripo, den Fall zu lösen, bat Terttu.

Daran kann ich mich noch immer nicht gewöhnen, gestand Horner.

Vielleicht haben sie den wahren Täter schon!

Sie haben ihn noch nicht, Terttu, ich weiß es. Sie tappen völlig im Dunkeln.

Trotzdem, du bist a. D., Max.

Ich bin ganz dicht dran, Terttu, noch eine Kurve, und ich erblicke das Meer.

Und wenn du es siehst, ziehst du dich zurück, versprochen?

Dann lege ich eine Platte auf. Charles Trenet singt »La Mer« und wenn das Lied zu Ende ist, gehe ich in meinen Garten. Und ich verlasse ihn eine Weile nicht mehr.

Max Horner schaute noch immer zum Nachthimmel hinauf. In ihm stiegen die Gedanken wie ein Pegel. Er spürte den Impuls, herumzurennen, irgendetwas zu tun, Unkraut auszureißen.

Herrgott noch mal! Was war im Bethmannpark tatsächlich los?

Er musste endlich brauchbare Antworten bekommen!

Horner griff zum Handy und rief im Markus-Krankenhaus an. Die Stationsschwester war außer Atem. Wulf Hildebrandt war aus seinem Zimmer verschwunden. Man suchte nach ihm. Mehr zu sagen, war ihr nicht erlaubt.

Horner begriff, dass seine Gedanken nicht unsinnig gewesen waren. Er sah vor seinem geistigen Auge die Brennnesseln, ganze

Stauden am Gartenzaun, mit winzigen, ätzenden Härchen an den Blättern. Und den Schmetterling, der aufflatterte und …

Plötzlich wusste er genau, was geschehen war. Und vor allem – was geschehen würde.

Einer inneren Stimme folgend, stand Horner auf, vertröstete Wallander, der noch immer nicht richtig laufen konnte, und schnappte sich sein Fahrrad. Er fluchte, als er sah, dass die Beleuchtung defekt war. Ausgerechnet jetzt! Es war ihm schon vor zwei Tagen aufgefallen, dass der Trafo malade Geräusche von sich gab. Kurzentschlossen schwang sich Horner dennoch aufs Rad. Bis zur U-Bahnstation würde es schon gehen.

Er fuhr los und erreichte den Bahnhof »Weißer Stein« gerade in dem Moment, als ein Zug der U-Bahn, die hier oberirdisch verkehrte, sich aus Richtung Heddernheim näherte. Horner schloss sein Rad an und verzichtete darauf, einen gültigen Fahrschein zu erwerben.

Er hätte bis zur Hauptwache fahren, dann umsteigen und bis zur Konstablerwache weiterfahren müssen, aber er stieg am Eschenheimer Tor aus. Den restlichen Weg rannte er, soweit es seine Kondition zuließ. Unterwegs blieb er einmal schwer atmend stehen und rief noch einmal im Markus-Krankenhaus an. Man hatte Wulf nicht gefunden. Inzwischen beschäftigte sich die Kripo mit seinem Verschwinden. Die Stationsschwester beendete das kurze Gespräch grußlos.

Kurz darauf stand Horner vor dem Eingang zum Bethmannpark.

Er hatte den Feuerschein schon von Weitem gesehen. Als er am verschlossenen Eingang stand, hörte er die Zurufe von Anwohnern und sah einige auf ihren Balkons.

Horner zögerte. Er kannte ein Schlupfloch. Hastig lief er zur Friedberger Landstraße weiter. Am dortigen Eingang, rechts neben dem gepflasterten Hof, gab es eine Lücke zwischen Basaltpfosten und Zaun. Horner quetschte sich durch, bekam einen Moment lang Angst, steckenzubleiben und irgendwann von hämisch lachenden ehemaligen Kollegen befreit werden zu müssen. Weil er zwar groß, aber nicht dick war, gelang es ihm. Als er es geschafft hatte, hörte er hinter sich die Martinshörner der Feuerwehr.

Der Flammenschein beleuchtete drei Männer, die er identifizieren konnte. Kalli Bender sah er nicht. Die Männer bewegten sich vor den lodernden Flammen, ihre Umrisse erschienen ihm wie ausgeschnittene Löcher vor der Fläche des Feuers.

Und dann trat plötzlich von der anderen Seite her ein vierter Mann in den Kreis. Zögernd, linkisch. Die Hände gegen die Glut haltend, um die Hitze abzuschirmen.

Horner hätte die Augen schließen können, er wusste, um wen es sich handelte.

»Ach nee, seht mal da!«, rief Subotnik.

»Was machst du hier?«, blaffte Brandstätter, der einen Stock in Händen hielt, mit dem er in der Glut stocherte.

»Ich habe es im Krankenhaus nicht mehr ausgehalten«, sagte Wulf schlicht.

»Na, dann komm her! Du gehörst schließlich zu uns«, ließ sich Hilbert vernehmen, der zwischen den lodernden Scheiterhaufen mit dem Totholz stand.

Horner zückte erneut sein Handy. Er rief Julian Schleicher an, der Dienst hatte.

»Komm besser in den Bethmannpark! Hier tut sich einiges, das einen Zugriff rechtfertigt. Nein, kein SEK, nur die Routine, aber mindestens sechs Mann. Und bring deinen zuständigen Kommissar mit, wir brauchen einen ordentlichen Vorgang.«

»Gib mir ein Stichwort.«

»Wulf Hildebrandt. Er hat Halland getötet.«

Schleicher versprach, sofort Alarm auszulösen.

Die Sirenen der Feuerwehr waren lauter geworden, entfernten sich dann wieder. Offensichtlich suchte das Kommando den geeigneten Einstieg. Horner kümmerte sich nicht darum, die

Brände waren nicht lebensgefährlich. Die Männer waren es, die Unheil anrichten konnten.

Horner ging langsam näher. Er wollte sich noch nicht zu erkennen geben. Und das war gut, denn Wulf schrie plötzlich los.

»Was ist das da?«

Er deutete mit einer zitternden Hand auf die drei leeren Kanister.

»Unser Brandbeschleuniger!«, rief Subotnik begeistert. »Das Zeugs brennt wie Zunder!«

»Ihr verbrennt es? Das ist gut!«, sagte Wulf mit lauter, jetzt fester Stimme, die das Prasseln übertönte. »Das muss sein. Damit hat alles Unheil angefangen.«

»Hier«, sagte Hilbert, »trink einen Schluck!«

Er reichte dem Jungen eine Bierflasche. Wulf ignorierte sie.

»Was ist los mit dir?«, ließ sich Brandstätter vernehmen.

»Du warst es! Du warst es!«, keuchte Wulf.

»Halt dich vom Feuer fern, verdammt noch mal!«, sagte Subotnik. »Wir wollen hier nicht Scheiterhaufen spielen!«

»Du hast das Gift geholt«, sagte Wulf und deutete mit einer übertriebenen Geste auf Brandstätter.

Jens stand hoch aufgerichtet da, umtanzt von Funken.

»Na und? Das weiß hier inzwischen jeder.«

»Du bist schuld an allem!«, sagte Wulf. »Wenn du nicht gekommen wärst, wäre nichts passiert!«

»Schon gut«, sagte Hilbert. »Beruhig dich doch!«

»Es ist doch vorbei«, sagte Brandstätter.

Wulf krümmte sich nach vorn. Er schien Schmerzen zu haben.

Horner hielt den Zeitpunkt für gekommen, sich einzumischen. Er trat in den Feuerkreis.

»Es macht keinen Sinn mehr, Wulf. Du musst damit leben«, sagte er leise und doch so verständlich, als seien alle anderen Geräusche verstummt.

»Jetzt auch noch der Bulle!«, stöhnte Subotnik laut.

Wulf stand regungslos im Feuerschein.

»Was macht keinen Sinn mehr, Horner?« Brandstätter bewegte sich auf Horner zu. Das Feuer warf groteske Schatten.

Horner beachtete ihn nicht. Er sprach zu Wulf.

»Es war ein Unfall. Du wolltest Brandstätter treffen. Es war ein Versehen.«

»Was war ein Versehen, Horner? Sprechen Sie nicht in Rätseln!«, verlangte Brandstätter.

Max Horner ignorierte ihn.

»Er hat aus Brandstätters Tasse getrunken, nicht wahr, Wulf? Du wolltest Brandstätter beseitigen, weil er den Frieden an diesem friedvollen Platz zerstörte – jedenfalls hast du das so gesehen. Du wolltest ihn vergiften. Einen anderen Ausweg hast du nicht gesehen.«

Wulf ächzte.

»Du hast getötet, was du am meisten geliebt hast, Wulf«, sagte Horner. Er spürte, er musste jetzt dranbleiben.

Subotnik stieß einen hässlichen Laut aus.

»Warum hat er das getan!?«, schrie Wulf plötzlich los. »Warum hat Gerd an diesem Abend aus Brandstätters Tasse getrunken? Warum, Jens? Hast du ihn gezwungen?«

Brandstätter lachte ohne Humor.

»Pass auf, was du sagst, Wulf!«, sagte Hilbert besorgt.

»Da hat er recht«, sagte Brandstätter. »Sonst gibt es hier den nächsten Unfall.«

»Gib es zu, Wulf«, sagte Horner leise. »Es wird dich erleichtern. Man wird mildernde Umstände für dich finden. Du hast unter Drogeneinfluss gestanden.«

»Ich habe ihn umgebracht!« Wulfs Stimme klang krank.

Max Horner hatte den Atem angehalten. Er stand wie angewurzelt da, jenseits der brennenden Stapel mit dem Moderholz war die Dunkelheit umso undurchdringlicher. Von dort hörte er jetzt Stimmen und laute Geräusche. Sie kommen, dachte er.

Bender ist irgendwo und hat sie wahrscheinlich eingelassen. Oder sie haben Leitern.

»Ist das wahr, Kleiner?«, fragte Brandstätter mit kalter Stimme. »Du wolltest mich umbringen?«

»Ja, der Polizist hat ganz recht«, keuchte Wulf. »Um den Frieden zu retten, wollte ich dich töten. Das hier, der Park, ist meine Heimat, der einzige Ort, an dem ich jemals glücklich gewesen bin. Aber ich habe Gerd getötet.«

»Alles klar«, ließ sich Subotnik vernehmen. »Das bleibt aber unter uns.«

»Quatsch«, sagte Brandstätter. »Der Kleine wird weggesperrt. Der taugt sowieso nicht für was Großes.«

»Oder wir brennen hier alles ab«, tönte Subotnik. »Großreinemachen ist angesagt!«

Max Horner packte Wulfs Arm.

»He!«, rief Subotnik.

»Wulf kommt mit mir«, sagte der Hauptkommissar a. D. »Und ihr seid vernünftig. Noch ist nichts passiert. Ein bisschen zündeln, na und? Lassen wir es dabei.«

»Nimm die Finger von dem Jungen!«

Brandstätter hob seinen dicken Ast. Horner konnte nicht erkennen, ob es Totholz war oder der lange Griff eines Rechens. Er hätte über die Gefahr nachdenken wollen, in einem Moment, wo die Zeit sich in seiner Vorstellung ausdehnte. Aber er musste handeln.

»Komm, Wulf«, sagte Horner. Er zog den Jungen mit sich, der weich und widerstandslos war wie ein leeres Kleidungsstück.

»Halt!«, schrie Brandstätter. »So einfach kommt ihr hier nicht raus!«

»Doch«, sagte Horner. »So einfach.«

Aus der Dunkelheit stürmten Männer heran, Gestalten mit unförmigen Helmen und Uniformen, die Schläuche hinter sich herzogen.

Zugriff, dachte Horner nur.

Stimmen schrien etwas. Horner ging noch ein paar Schritte, eine der Stimmen gehörte Julian Schleicher.

»Polizei!«, rief Schleicher. »Bleibt, wo ihr seid! Keiner macht mehr irgendwas! Auch du, Horner! Rührt euch nicht, der Park ist umstellt!«

»Das glaub' ich dir nicht!«, sagte Brandstätter mit kalter Wut und lief davon.

»Stehen bleiben!«, schrie Schleicher und schoss in die Luft.

Als Brandstätter dennoch weiterlief, legte ein anderer der Uniformierten an und schoss gezielt.

»Stellt doch das Schießen ein, ihr Idioten!«, brüllte Horner. »Brandstätter ist nicht der Täter. Hildebrandt ist es, ich habe ihn sicher.«

»Mein Gott!«, stöhnte Kalli Bender, der im Gefolge der Polizisten erschienen war.

Brandstätter war weggeknickt, fiel zur Seite und hielt sich nun schreiend den rechten Oberschenkel.

Mehrere Polizisten besetzten den Platz vor dem brennenden Totholz. Die Feuerwehrleute stellten sich in Position und richteten ihre Schläuche auf die Flammen.

Das müsst ihr nicht, dachte Horner, das brennt herunter. Die wirklich gefährlichen Brände bleiben, sie lodern nicht im Moderholz, sondern in den Menschen.

Er schob Wulf weiter, der völlig willenlos war. Horner sah, wie leer und alt sein Gesicht war.

Wenig später war das Feuer gelöscht. Es blieb nur dampfende, weiße Asche, in der unscheinbare Reste von Zweigen und Ästen lagen.

Der Baumschneider, wie ein Athlet in Startpose, kniete vor den Eichen. Er schoss seine Sicherungsleine in die Krone, dorthin, wo sich die Nester befanden. Er turnte hinauf, verankerte die Seilzüge, zeigte dem Baum wie ein Inquisitor die Instrumente. Er machte am Starkgeäst vorn seine Fallvorgabe, setzte hinten den Fällschnitt, er beherrschte die Ausreißversuche der jungen Arme des Geästs. Er würde die starken Äste in der Höhe zwingen, zu fallen, dicht unterhalb der Nester. Seine rote Schutzkleidung leuchtete wie ein Alarmsignal. Seine stählernen Arme arbeiteten präzise wie Klammern.

Die anderen Baumschneider sahen ihm von unten her zu. Auch der abgestürzte Kevin Rosen war unter ihnen, es war seine Firma. Er war nach weiteren Untersuchungen endlich aus dem Krankenhaus entlassen worden.

Sie setzten jetzt alle ihren Mundschutz auf, sahen, dass der Baumschneider in der Höhe dies ebenfalls tat. Dann begann seine Säge zu kreischen.

Oben fielen die Äste mit den übrig gebliebenen oder ganz neuen, mit den jedenfalls außer Kontrolle geratenen Nestern der Eichenprozessionsspinner. Am Boden flüchteten Frettchen.

Max Horner hatte einmal mehr begreifen müssen, dass er in der Sache nichts mehr tun konnte. Den Rest mussten die Behörden regeln. Was aus den Hilfsgärtnern wurde, was aus Wulf Hildebrandt wurde, das war ungewiss.

Horner hoffte wirklich auf milde Urteile.

Als der Bethmannpark Tage später wieder geöffnet wurde, trat Kalli Bender allein seinen Dienst an. Er kehrte einen Stapel Moderholz zusammen. Viel Arbeit lag vor ihm. Vielleicht sollte man die Idee von diesem Brandstätter aufgreifen, dachte er, und eine Gartenarmee von Freiwilligen rekrutieren. Denn ist nicht jeder von uns für diesen Park verantwortlich?

Horner betrat den Park zusammen mit Julian Schleicher. Sie wollten ihr Versprechen einlösen, Schach zu spielen.

Alle waren wieder da. Ein großes Aufatmen schien durch den Park zu gehen. Der Duft der frühherbstlichen Blumen war unwiderstehlich. Bender hatte Töpfe mit kugeligen Blutblumen aufgestellt, die sich gerade rot und stachelig entfalteten.

Horner und Schleicher blieben auf dem Weg zu den Schachtischen vor den großen Gefäßen mit australischen Flaschenputzern stehen, die Horner nur Korkenzieherblumen nannte. Nicht dass Horner vorhatte, mit diesem Korkenzieher irgendeine Flasche zu öffnen. Aber als er sich darüberbeugte, schien es ihm, als ginge die Flasche von ganz allein auf. Und ein unbeschreiblicher Duft entströmte ihr und breitete sich aus.

Horner atmete tief und selig ein.

»Nun komm schon, Max!«, rief Schleicher, der weitergegangen war.

Sie setzten sich an einen der noch freien Tische. Die Wahl der Farbe gewann Horner. Julian stellte die Schachuhr auf Null und sah sein Gegenüber erwartungsvoll an.

»Du bist am Zug, Max«, sagte er.

»Ich weiß«, sagte Horner.

ENDE

Buchhinweise

Die verzauberten Frauen
Ein Kloster-Eberbach-Krimi

Berndt Schulz

ISBN 978-3-86680-753-2
12,00 € [D]

Westend Blues

Ein Katharina-Klein-Krimi aus Frankfurt am Main

Helmut Barz

ISBN 978-3-86680-484-5
14,90 € [D]

Buchhinweise

African Boogie
Ein Katharina-Klein-Krimi

Helmut Barz

ISBN 978-3-86680-749-5
12,00 € [D]